곰의
탈을 쓴
여우

곰의 탈을 쓴 여우

ⓒ신이 2012

초판 1쇄 인쇄 2012년 9월 10일
초판 1쇄 발행 2012년 9월 10일

글 신이

펴낸곳 도서출판 가쎄 [제 302-2005-00062호]

주소 서울 용산구 이촌동 302-61 jeil 201
전화 070. 7553. 1783
팩스 02. 749. 6911
인쇄 정민문화사

ISBN 978-89-93489-25-5

값 12000원

곰의 탈을 쓴 여우, 시작합니다.

세상의 모든 여자는 곰탈녀다...

내가 누구인지 나도 잘 모를 때가 있다.
어디에서 태어났고 나이가 몇이고 무엇을 좋아하고 이제껏 뭘 하고 살아왔는지 등등... 포털
사이트에 검색만하면 쏟아지는 이런저런 나의 선입견들... 보여지는 게 전부 나의 모습은 아니
다. 나는 그냥, 이 밝고 아름다운 소설 ‘곰탈녀’ 의 주인공 ‘현경’ 이다. 그리고 앞으로 나올 우
울하고 비참한 소설 ‘죽지마!’ 의 주인공 ‘현경’ 이다. 진짜 나는, 영화에서 만들어진 캐릭터가
아니고 기사에서 포장된 신이가 아니고 내가 직접 쓴 소설들에 녹아있다.
앞으로 나는 소중하고 행복한 가정을 꾸리고 사는, 평범한 주인공이 나오는 소설을 쓰고 싶다.

신이

설렘, 두근거림... 여배우가 아닌 여자로써 느낀 이 가슴 떨림은 무엇일까요?

보는 내내 제가 주인공이 되어 그녀의 감정 선을 따라 갔습니다. 이런 사랑을 하는 주인공

'현경' 이 부럽네요. 여러분도 예쁜 사랑하세요.··

이하늬

꽃미남 아이돌이 주인공이라는 말에 이 소설을 읽어보았습니다. 그런데 이 책에 진짜 매력남

이 갖추어야할 알콩달콩 로맨스법이 줄줄이 나와 있더라구요. 노래는 물론 제 연기에도 이

샤방한 연애비법서가 도움이 될 것 같네요. 신이 누나 멋있어요 ♥··♥

제국의 아이들 / 시완

영화배우 누님이 쓰셔서 그런지 한 장면 한 장면이 영화처럼 눈에 그려집니다. 재미있는 소

설을 쓴 신이 누나 존경스럽습니다. 소설 속 이수빈 같은 닭살 애정 행각은 자신이 없지만 저

도 한 여자에게는 늑대의 탈을 쓴 양이 되고 싶습니다. ··ㅋ

제국의 아이들 / 광희

곰탈녀 차례

Episode 1.

누구냐~ 넌?!

〈올드보이〉 중에서

압구정 어느 카페 안 화장실, 아기 엉덩이만한 가슴을 반쯤 내놓은 여배우가 여신 같은 비주얼로 변기에 앉아 똥을 싸고 있다. 그녀의 자태가 어찌나 싼티 나는지 쩍벌녀로 앉아 담배를 하나 꼬나물고 침을 찍찍 뱉어 가며 시팔시팔 궁시렁거린다.

"아씨~ 졸라 힘들어. 인터뷰를 몇 개를 하는 거야?! 개 쩔어~"

마지막 담배 한 모금을 시원하게 빨고 불똥을 멋있게 쓰리 쿠션으로 튕긴 후 여배우는 우아하게 일어났다. 화장실 문을 열고 나옴과 동시에 그녀는 고삐리 일진에서 다시 여신으로 변신했다.

인터뷰할 테이블에선 한쪽으로 머리를 널어놓은 대머리 기자가 침을 질질 흘리며 여배우를 기다리고 있었고, 그녀는 입술에 미세한 경련을 일으키며 미스코리아 미소로 기자 앞에 사뿐히 내려앉았다. 내려앉을 때 그녀는 양 팔꿈치로 자신의 가슴을 모아 턱을 괴고 터질 듯한 가슴으로 기자의 동공확장을 도왔다. 기자는 흐르는 침을 미처 닦지 못하고 '멘붕' 상태로 인터뷰를 시작했다.

"바... 반갑습니다. 안주리 씨, 이번 영화는 어떤 영화인가요??"

여배우의 이름은 안주리다. 하지만 그녀는 지조 있는 자신의 이름과 전혀 상관없는 삶을 살고 있다. 그녀는 긴 머리카락을 한쪽으로 쓸어 넘겨 흡혈귀 같은 허연 목선을 보이고 목이 탈골된 양 꺾어 기자의 질문에 대답했다.

"호호호 청량음료 같은 영화예요. 시원하고 톡 쏘고 중독성 있는 그런 영화랍니다."

식상한 대답이다.

"이.. 이... 이번 영화에서 베드신이 있다고 들었는데요. 수위는 어느 정도인가요??"

"호호호 아마 제 감춰졌던 S라인 정도는 볼 수 있을 거예요. 기대하세요. 까르르~"

여배우가 교태를 부리며 웃어제끼는 바람에 인터뷰는 더욱 순조롭게 진행되고 있었다.

"흥행에 대한 부담감은 없으세요?"

"조금은 부담스럽지만 최선을 다해서 촬영했으니까 잘 될 거라 믿어요! 영화도 너무 재미있게 잘 나왔고요. 기자님~ 기사 잘 써 주시고 앞으로 저 주리도 많이 사랑해주세요. 와주셔서 감사합니당. 사랑해요~ 꺄르르륵~"

여배우가 뜬금없이 윙크를 날린다. 기자는 이제, 맡겨 놓은 정신을 다시 찾을 수 없다. 기자의 바디는 유체이탈을 한 듯 바닥을 떠서 퇴장했다.

현경은 하루 종일 비슷한 질문과 뻔하고 가식적인 대답들을 지켜보며 12개나 되는 인터뷰를 아슬아슬하게 진행하고 있었다. 배우는 장소 이동을 하지 않고 기자들을 시간별로 불렀다. 데뷔한 지는 좀 됐지만 인지도가 최근에 막 올라 급 바빠진 배우라 이렇게 스케줄을 잡지 않으면 인터뷰 계획에 차질이 생겼다. 그래서 현경은 안주리의 매니저와 합의하에 오늘의 일정을 강행했다.

하루 종일 기자들과 여배우, 매니저까지 비위를 맞춰가며 진행을 맡고 있는 현경도 힘들었지만 12명의 기자에게 똑같은 말을 12번씩 웃으며 해내는 여배우도 대단했다. 하지만 여배우는 시간이 지날수록 피곤했는지 기자가 없는 쉬는 시간엔 코디와 매니저에게 짜증을 내기 일쑤였다. 홍보팀의 현경은 그녀의 부하 직원 미진과 그저 안절부절 지켜볼 수밖에 없었다.

여배우 원톱의 영화인지라 그녀가 아니면 홍보할 배우가 없었다. 자신의 영화 인생을 위해서라도 열심히 홍보해야 하는 게 당연하지만 그래도 혹시 중간에 인터뷰를 그만둔다거나 나가 버릴까 봐 현경은 눈치를 보고 비위를 맞추느라 정신없었다.

"주리씨~ 오늘따라 너~무~ 예쁘세요!! 피곤하시죠?! 뭐 필요하신 거 있음 말만 하세요. 다 사다 드릴게요. 조금만 힘내세요.~ 파이팅!!"

현경은 여배우를 보며 '니가 피곤해서 내 마음이 진정 찢어진다.' 는 듯 안타까운 표정을 과하게 짓고 있었다. 하지만 속으론 '에이~ 드러븐 년!' 하고 욕을 했다.

참, 현경은 고향이 부산인 아가씨다. 그녀는 급하거나 욕이 튀어나올 때, 고향 친구들과 있을 때 주로 사투리를 쓴다. 물론 평소에 그녀는 자신의 이미지 관리를 위해서 전혀 사투리를 쓰지 않는다.

"아이~ 괜찮아요. 다 저희 영화가 잘 되기 위해서 그러는 건데요 뭐 ~ 팀장님도 힘드시죠? 팀장님도 파이팅!"

여배우도 가식적인 웃음으로 보답해 주었다. 하지만 현경은 봤다! 입만 웃는 안주리를. 안주리의 눈은 보톡스 맞은 것처럼 미동이 없었다. 현경도 입만 웃으며 미소로 답했다. '가식적인 년...'

시간이 조금 더 흐르자 매니저는 현경에게 빨리 진행해달라고 재촉했다. 누가 봐도 매니저는 안주리의 사주를 받았다. 기분은 더러웠지만 현경은 연신 죄송하다며 어르고 달래 겨우 12개의 인터뷰를 무사히 끝내고 안주리 일행을 배웅했다.

여배우는 우아하게 차에 탔고 현경은 밖에서 매니저에게 한소리를 들으면서 마무리를 하고 있었다. 그런데 밴 안에서 너구리를 잡나 보다. 작은 창문으로 담배 연기가 굴뚝 연기처럼 나온다. 갑자기 여배우가 밴 안에서 싼 티 나는 하이톤으로 소리쳤다.

"야!! 빨리 타! 나 클럽 가야 돼~"

안주리의 말이 끝나자마자 매니저는 부리나케 뛰어가 차를 몰고 떠났다. 떠나는 밴의 뒷모습을 보며 현경은 가래침이라도 뱉고 싶었지만 사회적 지위와 명성, 그리고 그녀를 우러러보는 미진이란 신참 때문에 참았다.

현경은 학벌이나 학식 따위가 중요한 건 전혀 아니지만 기본적으로 배우라면 최소한의 소양 정도는 있어야 한다고 생각했다. 내뱉는 단어 하나 고급스럽지 못하고 그마저도 몇 개 안 되는 단어를 돌려가며 쓰면서 기자들의 질문이 조금만 어려우면 딴소리나 하고. 물론 모든 배우가 다 그런 건 아니지만 겉모습에만 돈과 시간을 몽땅 투자하고 소양을 쌓는 건 개 코딱지로 아는 안주리 같은 배우들을 보면 매번 한심하단 생각을 했다.

현경과 미진은 사무실로 향했다. 일정은 끝났지만 내일 회의 자료도 만들어야 하고 남은 일이 많았다. 늦은 밤, 스트레스와 지친 몸으로 퇴근도 못하고 다시 사무실로 발길을 옮기던 현경은 생각했다.

서울에서 일류대학을 나온 유학파에 얼굴이면 얼굴, 키면 키, 스타일이면 스타일, 집안이면 집안, 어디 하나 빠지지 않는 자칭 '엄친아'인 그녀가 잘 다니던 대기업을 때려치우고 왜 영화 홍보 일을 택해서 이런 개고생을 해야 하는지 후회가 막심했다.

현경은 가끔 돌발적이고 자유로운 자신의 영혼을 부정하고 싶었다. 5년 전 친구랑 간 영화 시사회, 거기서 지금 회사의 이사님을 만났다. 세련된 그녀는 마이크를 잡고 짧게 영화를 소개한 후 감독이며 배우들을 무대로 불러들였다. 그리고 무대 인사 마무리까지 하고 모두를 데리고 멋있게 퇴장했다. 현경은 그 모습에 반해 그날로 대기업을 때려치우고 지금 이 회사에 이력서를 던졌다.

현경은 언제나 한번 꽂히면 물불 안 가리고 꼭 중요한 순간에 흥분해 판단력을 잃고 마는 일단 저지르고 보는 막가파 스타일이다. 그래서 그녀는 똥인지 된장인지 꼭 맛을 보고 나야 똥인지 아는 그런 여자다. 그 덕에 그녀는 스펙터클한 인생을 살고 있다. 하지만 5년 전 현경을 회사로 끌어들인 마성의 시크녀 이사님의 실상은 너무나 달랐다. 무대 밖 이사님은 히스테리 노처녀에 일과 술에 절어 짧은 머리를 이틀에 한 번 감는 지극히 인간 냄새나는 분이셨다. 그녀의 머릿기름을 혐오하면서 현경도 요즘 점점 이틀에 한 번 머리를 감고 있는 자신을 발견하며 섬뜩한 기분을 느꼈다.

하지만 이사님은 대외적으론 프로페셔널이다. 현경 역시도 마찬가지다.

"팀장님, 전 오늘 인터뷰건만 정리하면 되죠?"

걸어가는 길에 미진이가 물었다. 미진에게 현경은 사수다. 미진은 일도 잘하고 성격도 좋지만 뚱뚱하고 못 생겼다는 단 하나의 이유로 매니저들이 싫어한다.

미진도 특이한 이력을 가졌다. 그녀는 고등학교 때부터 아이돌그룹 팬클럽 회장직을 맡아서 대문니 사이로 침 좀 뱉었을 법한 전국 몇만 명의 야생 깻잎들을 일사불란하게 통솔해 아이돌그룹을 키웠다. 미진은 그 전적을 살려 대학을 졸업하고 나아가 팬클럽 회장으로 있던 아이돌그룹의 회사 홍보팀에 들어갔다. 그러다 이제 나이가 조금 드니 가수는 질리고 영화배우가 보고 싶다는 일차원적인 이유로 회사를 때려치우고 지금의 홍보사로 들어왔다.

키 155센티미터에 몸무게 70킬로그램 정도인 작고 아담(?)한 미진은 현경의 사랑을 듬뿍 받고 있다. 만약 미진이 키 170에 몸무게 55였다면 과연 현경의 사랑을 이렇게 담뿍 받을 수 있었을까? 정답은 당연히 No! 다. 미진은 현경과 같이 다님으로써 현경을 좀 더 돋보이게 해주는 큰 역할을 하고 있었다.

미진은 유머감각이 있고 성격도 좋아 언제나 주위에 사람들이 많았다. 그녀를 한번 알면 특히 남자들은 자기 형제인 양 그녀의 곁을 떠나지 않는다. 그래서 미진은 지금도 가수기획사에서 만났던 수많은 아이돌과 가수 준비 중인 특A급 연습생들과도 좋은 관계를 유지하고 있었다. 아이돌들은 입이 무겁고 의리 있으며 그 세계를 잘 알고 있는 미진에게 고민도 털어놓고, 부담 없이 가끔 술도 한잔씩 하는 등 친분을 유지하고 있었다.

그래서 신은 공평하다. 신은 그녀에게 여자로서의 매력 대신 눈에 넣어도 안 아픈 꽃미남 미소년들을 내려주셨다. 다만 그들이 다들 그녀를 친형제로 생각해서 문제지만...^^;

아무튼, 둘 다 특이한 이력을 가진 미진과 현경은 무거운 발걸음으로 회사에 도착했다. 엘리베이터를 타고 5층을 눌렀다. 엘리베이터에서 내리니 사람은 안 보이고 사무실에 불이 켜져 있었다.

현경의 사무실 구조를 잠깐 설명하자면 이렇다. 어느 일본 식당에 손님이 혼자 와서 점심을 먹는 장면을 본 적이 있을 거다. 삼면에 칸막이가 있어서 사생활이 철저히 보호되는 그런 구조의 식당 말이다. 현경의 사무실 책상도 그렇다. 칸막이가 하도 높아서 책상에 앉아 대놓고 거울을 보며 이를 쑤셔도 과자를 녹여 먹어도 잠시 엎어져 자도 옆 사람에게 비밀에 부쳐지는, 굳이 일어서서 들여다보지 않으면 무얼 하는지 알 수 없는 신비의 공간이라고나 할까? 하지만 온종일 페이퍼 작업을 하는 날엔 폐쇄공포증에 잠시 정신을 놓을지도 모른다는 단점이 있다. 그래서 사무실 입구로 누가 들어와도, 책상에서 일어나지 않는 한 누가 있는지 모른다.

현경 일행이 들어오는 인기척이 들리자 두더지 잡기 게임의 두더지처럼 갑자기 키 크고 잘 생긴 우유 빛깔 군바리가 "누나!" 하며 튀어 오른다. 그는 미진의 전 회사 아이돌 중의 하나였다가 지금은 군대에 간 아이였다. 그런 그가 휴가를 나와 형에게 술을 사달라고 온 것이다.

그 군바리는 우리나라 최초로 때로 나온 남자 아이돌그룹 '레츠 고 서틴(Let's go thirteen)'에서 트웰브(twelve) 역할을 맡았던 아이다. 3년 전에 1년 반 정도 활동하다가 들인 돈에 비해 크게 히트하지 못하자 바로 해체하고 지금 13명이 각자 활동을 하고 있다. 그중에는 유명한 배우가 된 멤버도 있고 셋이 나와 대박을 친 그룹도 있다. 이번에 찾아온 아이는 첫 번째도 아니고 열두 번째로 역할이 버거워 해체하자마자 바로 군대에 입대했다. 군바리라도 그 아이돌의 비주얼이 어디 가랴~ 현빈이 군복을 입으면 전쟁 영화가 되듯 그가 군복을 입고 압구정 거리를 돌아다녀도 최소한 날아 오는 돌은 맞지 않을 것이다.

"누나, 나 휴가 나왔어! 술 사줘~!!"

우유 빛깔 군바리가 미진을 보며 애교를 피우고는 현경에게도 눈웃음을 치며 인사를 건넸다. 미진이 현경을 선배라고 소개하자 우유 빛깔 군바리가 현경에게 끼를 부린다.

"와!! 미진 누나보다 선배예요?! 완전 어려 보여요. 귀요미다 귀요미 ~ 히히 우리 같이 술 마시러 가요. 괜찮으시죠?! 누나~ 앙~~?"

"야~ 이 시끼!! 팀장님한테 버릇없게!"

우유 빛깔 군바리는 '할머니도 여자다' 란 정신의 맑은 두 눈으로 현경을 유혹했다. 이제껏 현경의 머릿속을 꽉 채우고 있던 짜증과 스트레스가 한순간에 사라지고 머리가 급 맑아졌다. 몸과 마음이 정화된 현경은 심지어 회사에 입사하길 잘했단 생각마저 들었다. 현경은 미진이가 더욱 사랑스러웠다.

"미진아~ 괜찮아~ 호호"

"죄송해요 팀장님."

"아니야 오랜만에 봤을 텐데 미진인 먼저 퇴근해 내가 마무리하고 들어갈게"

"아니에요 팀장님! 제가 내일 일찍 나와서 다 할게요 같이 가요!"

현경의 속마음은 이미 우유 빛깔 군바리를 무릎에 앉히고 술을 마시고 있었지만 선배의 위신과 사회적 체면으로 일단 한 발 뺐다. 눈치 빠른 미진은 더 강력하게 멘트를 날리며 현경을 붙잡았다. 실랑이를 벌이다 현경은 못 이기는 척 그들과 합류하기로 했다.

"이그~ 내가 못살아~ 못 살아~ 잠깐만, 서류만 챙겨서 나올게."

우유 빛깔 군바리와 미진은 담배를 한 대 피우러 나갔고 현경은 자신의 책상으로 향했다. 현경은 1팀 책상을 지나 자리로 들어가려고 코너를 돌다 깜짝 놀라 자빠졌다.

"옴마야~~!!"

하이힐을 신은 현경은 넘어지지 않으려고 할리우드 액션을 선보이며 부끄럽게 나가떨어졌다. 한 남자가 뒤통수만 보이며 그 많은 빈자리를 두고 현경의 책상에 엎드려 있었다. 그는 큰 헤드폰을 쓰고 음악을 들으며 자고 있는 것 같았다. 평소 귀신을 제일 무서워하는 현경은 온통 군바리를 무릎에 앉힐 생각만 하다 허를 찔린 것이다. 다행히 보는 이는 없었다. 엎어져 있는 그도 미동이 없었다. 현경은 혼자 생쇼한 기분에 잠시 화끈거린 얼굴을 넣어두고 몸을 추슬렀다. 심호흡을 한 번 하고 현경은 그 남자의 어깨를 톡톡 두드렸다.

"저.. 저기요…"

미동이 없다. 자세히 보니 그의 뒤태는 제법 괜찮았다. 잘 세팅된 니뽄풍 뒤통수에 독특한 디자인의 의상과 함께 세련미가 느껴졌다. 엎어져 있는 그의 뒤태를 보니 스키니한 상체에 어깨는 넓었지만 어떻게 보면 조그만 중학생 꼬마 같은 느낌도 들었다.

'어쭈! 이 시끼 보래이~!'

니뽄 뒤통수가 꿈쩍도 하지 않자 현경은 화가 났다. 다시 한 번 강도를 높여 꼬꼬마의 어깨를 툭툭 쳤다.

"저기여~!!"

순간 그 꼬꼬마가... 아니, 그 남자가... 아니, 그분이... 고개를 돌리시는 게 아닌가?! 오! 마이 갓! 순간 그 누구도, 현경의 떨어지는 턱을 잡을 길이 없었다. 지상의 얼굴이 아닌 천상의 얼굴을 가지신 그분은 온몸에 오로라를 뿜으시며 현경에게 배시시 살인 미소를 날렸다. 왜 '살인미소'라는 단어가 있는지 몸소 느낀 현경은 미소로 사람이 죽을 수도 있다는 산 체험을 했다. 잠깐 사경을 헤매다 고비를 겨우 넘기고 현세에 돌아온 현경은 내려놓은 턱도 되찾지 못한 채 그 자리서 돌이 되어버렸다. 현경과 눈이 마주친 그분께서는 헤드폰을 천천히 벗으시고 살짝 눌린 윗머리를 손가락으로 만져 볼륨을 살리더니 옆머리를 손바닥으로 눌러 붙인 다음에 드디어 입을 여셨다.

"누나 자리예염?? 죄송합니당."

그가 또 웃는다. 처음으로 느껴본 이 느낌... 현경의 심장은 미친년처럼 널을 뛰었다. 현경은 아무 생각도 나지 않았다. 가늘고 여성스러운 목소리에 혀 짧은 발음으로 미안함을 표시하며 그분은 자리에서 일어나셨다. 그분께서 일어나시자 현경은 도가니에 힘이 빠져 주저앉을 뻔했다. 작은 얼굴 때문에 키도 작을 줄 알았는데 일어나니 키가 185 정도는 되어 보였다. 아마 다리만 150인 것 같다. 동양인임을 부정하는 바디 실루엣, 한국인이라 믿기지 않는 완벽한 비율, 백옥 같은 꿀 피부, 환상의 이목구비, 귀여운 목소리까지~!! 순정만화에서 막

튀어나온 것 같은 인간으로 환생한 천사... 세상엔 인간의 언어로 다 표현할 수 없는 수없이 많은 형상들이 있다. 그 중 하나가 이분의 고귀한 형상일 것이다.

현경의 세상이 멈춘 사이 그분은 유유히 그 자리를 빠져나가셨다. 현경의 나이 내년이면 꽉 찬 계란 한 판. 삼십 평생 처음으로 첫눈에 반한 남자를 만났다. 현경은 그를 보는 순간. 1초 만에 사랑에 빠졌다.

미진이가 소리쳤다.

"수빈아~~ 야~ 반갑다!"

"어~ 형~ 방가방가!!"

둘이 하이파이브하는 '짝!' 소리에 현경의 레드 썬은 풀렸다.

"팀장님 다 챙기셨어요?"

"어?! 어... 미안 딱 5분만!"

미진의 목소리에 놀란 현경은 그제야 정신을 차리고 책상에 앉아 거울을 보기 시작했다. 빠른 손놀림으로 화장을 고치며 한 귀로는 그들의 대화에 귀 기울였다. 이야기를 듣고 유추해보니 그분은 우유 빛깔 군바리와 함께 '레츠고 서틴'의 멤버로 '귀여움'을 담당했던 막내, 서틴이었다고 한다. '레츠고 서틴'이 해체된 뒤 그분께서는 갑자기 성장판이 열려 키가 무려 10센티미터가 넘게 컸고, 몸과 얼굴이 점점 균형을 잡더니 꼬꼬마에서 비주얼 상위 1%가 되셨다.

"니가 중3 때 나 첨 봤지?! 너 연습생 때~ 그게 언제냐... 벌써 5년이나 지났다야~ 세월 진짜 빠르다 그치?!"

미진의 목소리가 들려왔다.

'오~ 그럼 나이는 21살. 내가 29살이니까... 8살밖에 차이 안 나네.~'

속으로 그렇게 생각했지만 그녀는 곧 죄를 짓는 듯한 기분이 들었다. 현경은 서류고 나발이고 사생활 보호가 되는 고마운 칸막이 안에서 화장도 고치고 립글로스도 바르고 앞니에 글로스가 묻었을까 봐 혀로 닦아내기도 하고 소리 안 나게 향수도 뿌리며 5분 만에 벌떡 일어났다.

당당한 척 도도함을 유지한 체 현경은 말했다.

"많이 기다렸지?! 미안~ 우리 나가요~!"

너무 긴장한 탓인지 '나가요~'에서 살짝 음이탈이 났다. 식은땀이 현경의 등줄기를 타고 흐른다. 현경은 아무렇지도 않은 듯 도도한 워킹으로 엘리베이터 앞으로 먼저 걸어나갔다. 현경을 기다리던 사람들이 약간 주춤하며 그녀의 뒤를 따랐다. 엘리베이터 안, 현경의 머릿속은 아까 했던 자신의 음이탈로 가득 차있다. '나가요~ 나가요~'가 음이탈 된 채 엘리베이터에 있는 내내 현경의 머릿속을 맴돌았다.

밖으로 나오니 날씨가 쌀쌀하다. 찬바람을 쐬니 자신을 괴롭히던 '나가요~!'가 머릿속에서 겨우 사라졌다. 생각보다 바람이 많이 불고 있었다. 일행들은 춥다며 빨리 걷기를 재촉했고 사무실과 술집은

1km 정도 떨어져 있었다. 현경 일행은 뛰다시피 걸었다. 여기서 현경의 두 번째 시련이 닥친다. 현경은 바람이 조금이라도 불면 눈이 시려 눈물이 나는, 촌스러운 불치병이 있었다. 병원에 다녀도 민간요법을 써도 전혀 낫지 않는 현경의 불치병. 그건 유전이다.

일행이 슬슬 뛰자 현경은 자신이 눈물 흘리는 걸 보이기 싫어 제일 앞에서 슬쩍 속도를 내서 뛰기 시작했다. 갑자기 경쟁심에 발동이 걸렸는지 모두가 같이 뛰기 시작했고 현경은 자신의 얼굴을 안 보이려 그들보다 더 빨리 달렸다. 현경의 돌발 행동에 모두 어리둥절하다 장난기가 발동한 남자애들이 소리를 지르며 현경을 따라붙었다.

그러거나 말거나 현경은 전력질주를 시작했다. 혹시라도 마스카라가 번졌을까 봐 그 모습을 천상의 그분께서 보실까 봐 죽어라고 뛰었다. 군바리는 입으로 휘슬까지 불며 소리를 질러댔다. 미진은 처음 보는 상사의 이상한 모습에 넋을 잃었다. 다행히 간발의 차로 현경이 일등으로 가게를 들어왔고 그녀는 곧바로 화장실로 뛰어들어갔다.

예상대로 눈물 때문에 눈곱이 나오고 마스카라는 판다처럼 번져 있었다. 현경은 빠르게 얼굴을 정리하고 비비를 덕지덕지 바른 다음 화장실에서 도도하게 걸어 나왔다.

미진과 군바리, 그분께선 창가에 앉아 있었다. 현경은 정면으로 그분을 영접할 수 있는 영광스러운 맞은편 자리를 차지했다.

우유 빛깔 군바리도 어디 하나 빠지는 구석이 없지만 그분 옆에 있으니 이건 뭐 평민도 이런 상 평민이 없다. 하지만 트웰브도 사람으로서는 훌륭하다. 현경은 그들과 함께 있으니 왠지 우쭐해졌다. 옆 테이블, 옆 옆 테이블, 그 옆 옆 옆 테이블, 이 가게에 있는 모든 여자들은 현경과 미진이 부러워 죽겠단 표정을 하고 있었다. 티는 내지 않았지만 현경은 온몸으로 느꼈다. 심지어 남친이랑 같이 온 여자도 오징어같이 생긴 남친은 쳐다보지도 않고 현경 쪽만 힐끔거렸다. 현경의 어깨 뽕은 점점 더 하늘로 올라갔다.

우유 빛깔 군바리랑 미진은 군대에서 축구하는 얘기로 수다를 떨고 있었고 현경은 낯을 가리는 척을 하며 창밖을 우수에 찬 눈으로 지긋이 바라보고 있었다. 마치 상념에 사로잡힌 듯. 사실 그것은 왼쪽 얼굴에 자신이 있는 현경이 그분에게 왼쪽 프로필을 보이기 위한 수작이었다. 아니나 다를까 아름다운 완소 조각상, 천상의 그분께서 현경에게 말을 걸어왔다. 숨넘어갈 듯 현경을 부르는 그의 목소리가 들린다.

"누나! 누나! 누나~ 앙!"

'앗싸! 걸렸구나!'

마치 상념에 사로잡혔다 깨어난 듯 현경은 고개를 미세하게 두 번 털고 살짝 놀란 토끼 눈으로 그분을 바라봤다. 그분은 혀 짧은 발음으로 버럭 소릴 질렀다.

"누낭!! 멍 때리기 금지!!!"

그분의 쿨~한 멘트에 한 방 맞은 현경은 극한의 뻘쭘함을 느꼈다.

"누낭 술 한잔해요. 히히"

잠시 정신 줄을 놓을 뻔했지만 그 정도로 무너질 현경이 아니다. 그녀는 다시 전의를 가다듬었다.

"저 술 잘 못 마셔요. 천천히 마실게요.~"

현경의 왕 내숭 작전. 그 작전이 고전적이라 요즘 남자들한텐 안 먹힌다고 생각할 수도 있으나 현경은 확신한다. 남자란 동물은 겉으론 시크하고 쿨한 척하며 술 잘 마시는 여자가 좋고 여자가 담배를 피워도 상관없다고 말하지만 그건 내 여자가 아니라서 괜찮은 거라고. 사실 잠깐 노는 엔조이 상대는 어떻든 상관없다. 오히려 맥주만 마시면 싱거워서 소맥 마시고 폭탄주 한 30잔씩 먹고 담배를 쉴 새 없이 피워대는 골초에 코로 연기를 뿜든 말든, 말할 때 입에 걸레를 물고 십 원짜리 욕을 달고 살든 말든 남자들은 상관 안 한다. 오히려 재미있고 화끈하다며 좋아한다. 왜냐고?! 내 여자가 아니니까. 내가 남자에게 어떻게 보이느냐, 쉬운 여자로 보이느냐 아님 소중하고 자신이 보호해줘야만 하는 여자로 보이느냐는 여자 하기 나름이다. 현경의 이런 자신만의 확실한 신념은 경험을 통해 자리 잡았다.

그녀에게도 잠시 방황하던 학창시절이 있었다. 현경은 사실 고1 때 이미 학교 짱을 먹은 화려한 이력의 소유자다. 부산에서 학교를 나온 그 또래에게선, 아직도 전설적인 인물로 전해져 내려오고 있었다.

일명 '미친 개 껌!'

고딩 현경의 방황 시절, 사람이 씹는 향기로운 껌 대신 개들이 환장하는 개 껌을 질겅질겅 씹고 다니며 어렸을 때부터 아빠가 가르쳐주신 무술과 깡으로 혼자서 '학교 깨기'를 하고 다녔다. 그래서 석 달 만에 모든 부산여고의 일진들이 줄줄이 '미친개 껌'에게 무너지면서 그녀는 전설적인 인물로 떠올랐다.

마지막 학교를 깨고 돌아오는 날 현경은 아빠에게 잡혀 그날로 미국으로 보내졌고 말도 안 통하는 미국에서 개고생을 하며 현경은 뒤늦게 철이 들어 돌아왔다. 머리도 좋았던 현경은 과거를 청산하고 서울에 있는 대학을 우수한 성적으로 입학했고 그 후로 그녀는 '미친 개 껌'은 잊고 새로운 인생을 살고 있다. 지금은 좀 오버해서 스스로 뼛속까지 천상여자라 생각하는 게 조금은 문제다. 사실, 너무 일찍 놀건 다 놀아서 정신 차렸다고나 할까? 아무튼 너무 놀아 보여서도 안 되고 술 먹고 골뱅이가 돼 마지막 남은 놈이 무조건 득템하는 그런 이미지의 여자는 더더욱 안 된다. 그렇다고 또 너무 순진한 척해도 안 된다. 너무 그러면 매력 없다. 적시적지에 한방을 보여주는 센스! 그것이 중요하다. 다른 말로 표현하자면 밀땅(밀고 당기기)! ^^

현경이 혼자 머리를 데굴데굴 굴리는 동안 그분께서는 뇌에 필터를 제거하신 건지 아님 현경을 시험하려 하시는 건지 짧은 문장구사력으로 거침없이 말씀하신다.

"예?! 진따요? 술 못 마셔요? 와~ 그럼, 누나 남친은 돈 안 들어서 좋겠당~"

현경은 살짝 당황했지만 끝까지 자신을 놓지 않았다.

"저... 남자친구 없어요."

"아! 정말요?! 왜요?? 예쁜데~ 누나 돈도 많이 벌죠?! 월급이 얼마예요?"

연봉을 묻다니 현경은 그분이 자신을 테스트하시는 게 아니라 뇌에 필터를 직접 제거하시고 왕림하셨다고 확신했다. 어찌하여 이분은 입만 닫으면 고급스러운 자태에 눈이 부신 그리스 조각상인데, 입만 열면 동네 꼬꼬마란 말인가!

'사람이 너무 완벽하면 인간미가 없으니 일부러 이러시는 건가?

이미 콩깍지가 쓰인 현경은 뭐든 좋게좋게 생각이 들었다. 태어나서 처음으로 첫눈에 반한 남자가, 그것도 자신의 눈앞에서 살인미소를 짓고 있으니 그가 뭘 얘기를 하던 현경은 만사 오케이다. 그분 주위는 다 포커스 아웃이고 술집 안 시끄러운 소음은 다 무음 처리된 지 오래다. 그분이 또 입을 떼신다.

"누나 담배 피워요?"

"아니요."

"와~ 괜찮다~ 난 예전 여자 친구가 골초였는데요. 담배 피우는 건 좋은데 자꾸 내 담배 뺏어 피워서 많이 싸웠어요. 걘 꼭 나한테 돗대 남았을 때 말도 안 하고 훔쳐 피웠어~ 흥!"

'이제~ 그만~~~!!!'

현경은 순간, 이 좋은 감정이 깨질까 봐 오늘의 만남을 빨리 접고 싶었다.

"우리 노래방가요 선배님!"

현경은 이런 미진을 사랑할 수밖에 없었다. 프로페셔널한 현경은 평일에 절대 술을 마시지 않는다. 다음날 일에 지장이 있을까 봐. 하지만 지금 그녀는 어느새 마이크를 잡고 있었다. 술이 좀 들어간 현경은 평소 18번을 열창하고 있었다. 나머지 셋은, 일어서서 눈을 감고 목에 핏대까지 세우며 열창하는 현경을 멀뚱멀뚱 바라봤다. 왜냐하면 그녀가 부르는 올드한 노래를 아무도 모르기 때문이다. 현경은 손끝으로 음까지 타가며 감정처리를 했다. 현경은 그저 그런 노래실력을 선보이며 마이크를 놓았다. 노래가 끝남과 동시에 노래도 듣지 않았던 세 사람은 경로우대 차원에서 고래고래 소리를 지르며 우레와 같은 박수와 터질 듯한 환호를 보내주었다.

현경의 기분은 하늘을 날 것 같았다. 이게 바로 마약보다 끊기 어렵다는 꽃미남의 힘이다. 현경이 자리에 앉자 나머지들은 슬슬 발동을

걸기 시작했다. 현경을 빼고 다 연예계통에 있던 사람들이라 노는 게
심상치가 않았다. 끼를 주체할 수 없는 우유 빛깔 군바리가 최신 댄스
곡에 텀블링까지 해가며 분위기를 띄운다.

갑자기 미진이가 '레츠고 서틴'의 타이틀곡을 예약했다. 그 노래가
노래방에 있다는 사실에 다들 웃으며 즐거워했다. 미진은 완소 꽃남
들에게 예전 무대에서 했던 그대로 하라며 반협박을 했다. 그들은 쿨
하게 파트를 나눠서 둘이 똑같은 안무를 보이며 환상의 스테이지를
보여주었다. 그들은 역시 소녀들, 아니 이 세상 모든 여자의 가슴을 설
레게 하는 아이돌이었다. 그들은 노래를 부르다 현경과 미진을 보며
윙크도 하고 하트도 날려주는 무대 매너도 잊지 않았다. 그분의 윙크
에 현경은 잠시 이성을 잃고 사생팬처럼 광분해 괴성을 질러댔다.

"우! 유! 빛! 깔! 레! 츠! 고!"

"사! 랑! 해! 요! 써~얼~틴!!!"

현경과 미진은 미친 듯 외쳐댔다.

'레츠고 서틴'의 대표곡 〈컴 온, 요(come on, yo)!!〉가 끝나고 모두 앉
아 잠시 흥분을 가라앉혔다. 현경도 겨우 이성을 찾았다. 잠시 부하 직원
앞에서 광분한 자신이 부끄러워 얼굴이 화끈했지만 다들 술도 좀 먹었
겠다 현경은 그냥 이 분위기를 즐기기로 했다.

갑자기 현경이 좋아하는 발라드의 전주가 흘러나왔다. 설마... 그분
이었다! 여리고 가는 목소리를 가진 완소 꽃남! 입 닫고 있으면 그리스

조각상이신 그분이 마이크를 잡았다. 이제껏 랩만 해서 노래 실력은 가늠하기 어려웠다.

그분이 드디어 첫 소절을 뱉으셨다. 첫 소절을 들은 현경은 현기증에 앞이 캄캄했다. 처음 그를 봤을 때 느꼈던 비주얼 쇼크와 동급의 보이스 쇼크를 느꼈다. 말할 때 나오는 혀 짧고 귀여운 목소리는 지나가는 동네 개한테나 주셨나 보다. 안정감 있고 적당히 허스키한 매력 있는 보이스로 감정에 빠져 곡을 완벽히 소화하는 게 아닌가? 공기 반 소리 반, 환상의 공깃밥 보컬을 완벽히 보여주고 있었다.

현경은 '사랑해요~ 완죤 사랑해요~~'를 속으로 연발했다. 이렇게 그에게 정신이 팔려 시간 가는지도 모르고 있다 보니 새벽 4시가 넘어 있었다. 현경의 저질 체력으로는 이 시간이면 쓰러져야 정상인데 그녀의 눈빛은 매의 눈처럼 살아있다. 3차라도 아니 올 나이트라도 현경은 준비가 되어 있었다.

현경은 생각했다. 내일 사무실에서 코피를 쏟으며 하혈을 하는 한이 있어도 지금 이 행복을 버리지 않겠노라고. 하지만 아쉽게도 서로 마무리하는 분위기였다. 미진과 우유 빛깔 군바리가 휴가 때 또 보자는 의리 멘트를 나누고 있었다.

현경은 눈앞이 캄캄했다. 이것이 끝이라면 하룻밤의 꿈으로 끝이 난다면... 입술이 바짝바짝 탔다. 이제 이 완소남을, 눈에 넣어도 안 아픈

이 조각상을 어찌 다시 만나야 할지... 미진에게 번호를 물어볼 수도 없고 그렇다고 지금 이 자리에서 그분께 직접 물어볼 수도 없고 머리가 데굴데굴 복잡하다.

그러는 와중에 미진과 성스런 그분께서 전화번호를 교환하고 있었다. 둘도 오랜만에 보는지라, 그 새 번호가 바뀌었다고 한다. 그분이 미진의 핸드폰을 들고 가느다랗고 긴 손가락으로 자신의 번호를 누르고 있었다. 바로 옆에 있던 현경은 가슴이 두근두근 거렸다. 그분께서 번호를 다 찍으시고 현경을 봤다. 순간 현경의 심장은 외출할 준비를 했다.

"누나, 핸폰 줘 봐요!"

당황한 현경은 아까부터 손에 꼭 쥐고 있던 자신의 폰을 바라만 봤다. 정신줄 놓은 현경이 머뭇거리자 그분은 현경 손에 있는 핸드폰을 뺏더니 아무 표정 없이 자기 번호를 눌렀다.

"누나 내 이름 모르죠?"

"아... 예..."

"수빈이에요. 오늘 잼 있었어요."

그가 장난스레 윙크를 날린다.

헐~~~ 그는 진정한 프로인가?! 아님 순수남인가? 현경의 머릿속은 김포공항상태가 됐다.

'저... 시끼.. 도대체 뭐지...?!'

현경은 많은 의문을 남기며 수빈과의 아쉬운 첫 만남을 마무리했다.

Episode 2.

난 너를 원해~ 냉면보다 더! 난 니가 좋아! 야구보다 더!!

〈후아유〉 중에서

바쁜 회사 일로 정신없이 일주일이 지났다. 현경은 야근을 밥 먹듯이 하면서도 잠잘 시간이 모자라 회사에서 꾸벅꾸벅 졸면서도 수빈 생각이 잠시도 머릿속에서 떠나지 않았다. 교회 오빠를 짝사랑하는 소녀도 아니고 꿈에 왜 그리 그가 자주 나타나는지 잠깐 졸기만 해도 꿈에 수빈이 나타나 현경을 덮치려 했다. 현경은 머리가 아팠다. 내년이면 계란 한 판인데 이 나이에 상사병도 아니고. 그리고 자신의 번호는 가져가지 않고 수빈의 번호만 달랑 찍어 줬으니 현경은 난감했다. 무슨 구실로 어떻게 연락을 해야 할지. 그녀는 하루 종일 문자를 썼다 지우기를 반복했다. 회사는 전쟁 통인데 말이다.

오늘은 현경이 진행하는 영화의 기자시사회가 있는 중요한 날이었다.

옷도 신경 써서 입고 기자들에게도 꼼꼼하게 연락 다 했고 시사회와 관련해 감독, 배우, 매니저들에게도 대충의 일정과 예상 질문 등을 미리 이메일로 보낸 상태였다.

'이런 된장!'

이렇게 정신이 없는데도 수빈의 얼굴이 예고 없이 팍! 떠오른다. 오늘 그녀는 머릿속에서 수빈을 지우고 시사회를 완벽하게 해내야 한다. 그녀는 프로페셔널이므로.

기자회견장.

시간은 정신없이 갔다. 1시간 전부터 기자들이 하나둘씩 극장에 들어오기 시작했고 미진과 2~3명의 직원은 기자시사회를 위해 만든 홍보프로그램과 기자 전용 영화 스틸북, 홍보사에서 제작한 미니 삽을 하나로 묶어 들어오는 기자들에게 나눠주고 있다. 컬러풀한 미니 삽은 이번 영화 마케팅 전략 중 하나이다. 유치하지만 영화의 제목이〈삽질의 여왕〉이라 그렇다.

〈삽질의 여왕〉 대충의 스토리는 순수하게 삽질만 하다가 매번 남자들에게 버림받고 이용당하는 한 여자가 어쩌다 백마 탄 왕자 하나 얻어걸려 팔자 핀다는 해피엔딩 로맨틱 코미디다.

영화는 영화일 뿐 현실은 다르다. 삽질하는 여자는 평생 삽질만

한다. 그러다 삽 끝에 뭐가 걸려 기쁜 맘으로 파보면, 영화처럼 멋진 왕자가 아니라 돌멩이나 다 썩은 신발 한 짝 정도다. 드라마나 영화에서 나오는 왕자는 이 현세에 존재하지 않는다. 그런 얘기들은 다만 전해져 내려오는 전설일 뿐이다.

〈삽질의 여왕〉 시사회가 시작되었다. 현경이 이 영화의 키맨이므로 배우와 감독, 제작자가 무대에 나오기 전에 마이크를 잡았다. 이 마이크를 한번 잡아보려고 현경은 회사에서 몇 년간 개고생을 하며 성실히 일해 왔다.

회사에선 팀장이 키맨을 맡은 경우가 처음이라고 한다. 그만큼 현경은 회사에서 능력을 인정받고 있다. 현경은 아나운서 못지않은 자태로 기자들에게 형식적인 감사인사와 좋은 기사 부탁드린다는 본론을 얘기하고, 감독님과 배우들을 소개했다.

기자들의 콧대가 제일 높아져 있는 시간이기에 박수소리도 시큰둥하다. 기자들은 교복 입은 여고생 같다. 여고생들은 교복 입고 친구들끼리 같이 뭉쳐있으면 무서운 게 없다. 그렇게 용감할 수가 없다. 하지만 일대일로 있을 땐 한없이 순수하고 상냥하다. 앉아서 노트북을 무릎에 놓고 있는 기자들은 뭐가 그리 단체로 화가 났는지 무표정으로 감독과 배우들을 힐끔 쳐다본다. 앞으로 나와 있는 사진 찍는 기자들만 셔터를 누르느라 바쁘다.

감독과 여주인공 안주리, 조연 박 군, 장 군, 이 군, 세 배우 그리고 제작 피디가 함께 들어왔다. 김정일과 닮은 외모에 곱슬머리와 옥니가 인상적인 감독은 입봉이라 긴장한 빛이 역력했고 미용실에서 메이크업만 3시간은 했음직한 안주리도 입 주변을 미세하게 떨고 있었다.

플래시 세례가 쏟아졌다. 감독은 사이키 조명 같은 플래시 세례에 몸이 굳었고 안주리는 클럽이라 생각했는지 안정을 찾고 끼를 한껏 부렸다. 후딱 파진 등짝을 보여주느라 그녀의 눈은 가자미가 됐고 목은 부엉이처럼 180도 돌아가기 직전이었다. 간단히 인사만 하고 영화 시사를 바로 진행했다.

불이 꺼지고 영화 상영이 시작되었다. 애니메이션으로 첫 장면이 시작된다. 경쾌한 음악과 함께 안주리를 닮은 캐릭터가 한밤중에 공동묘지에서 땀을 삐질삐질 흘리며 삽질을 미친 듯하다가 씩~ 웃으면 땅밑에서 뿅!! 하고 백마 탄 왕자가 나타난다. 백구두에 흰색 턱시도를 입은 백마 탄 왕자가 씩~ 웃으며 그녀에게 유혹의 손짓을 한다. 환장해 침을 질질 흘리고 있는 안주리, 그녀의 광기 어린 미소에서 정지! 와장창하고 접시 깨지는 음향 효과와 함께 실사로 돌아오면 현실의 안주리가 침을 질질 흘리며 자다가 꿈에서 깨 침대에서 벌떡 일어난다. 그 위로 뜨는 타이틀 〈삽질의 여왕〉

그 와중에 프롤로그에 나오는 그 왕자, 어김없이 수빈의 얼굴과

오버랩 된다. 현경은 머리를 셀프로 몇 번 때리고 정신을 차린 후 먼저 기자회견장으로 자리를 옮겼다. 영화가 끝나면 바로 사진촬영과 인터뷰를 할 수 있게 세팅을 점검해야 하기 때문이다. 현경은 이 영화를 통해 첫 키맨이 됐다. 그래서 더 잘하고 싶은 마음이 크다. 준비가 끝나고 기자들과 배우들이 기자회견장으로 들어왔다.

"생각보다 잘 나왔네요."

생각보다 재미있고 에피소드들도 참신하다고 기자들이 들어오면서 한마디씩 해주었다. 그런데 꼭 '생각보다'가 앞에 붙어 있다.

"먼저 사진촬영이 있겠습니다."

안주리는 영화보단 실시간 검색을 더 중요시 여긴다는 듯 앞뒤로 가릴 때만 가린 드레스로 다시 갈아입고 카메라 앞에 섰다. 앞모습을 찍을 땐 허리를 어찌나 꺾는지 거의 중국 기예단 같은 모습으로 S라인을 만들고 뒤태를 찍을 땐 목을 얼마나 돌렸는지 눈에 흰자만 보였다. 그리고 단체사진을 끝으로 모두 착석했다.

배우들과 감독이 일자로 앉아 있고 테이블 위에 이름표와 마이크가 놓여 있다. 이제 감독과 배우들은 생선가게에서 곧 대가리를 잘릴 고등어 마냥 도마에 올라가게 된다. 현경도 긴장되는 순간이다. 현경은 배우들 옆, 멀지 않은 곳에 서 있었다. 드디어 교복 입은 여고생 같은 기자들의 질문이 쏟아졌다.

"안주리 씨에게 질문 있습니다."

안주리가 마이크를 든다. 제발 뇌를 거쳐 입으로 말하길 현경은 빌었다.

"외국의 아동비교문학에 비추어 보아도 백마 탄 왕자는 어디에도 없습니다. 그런데 아무리 영화라지만 현실성이 너무 떨어지지 않습니까?"

'올 것이 왔구나!'

안주리가 여유 있는 미소를 지으며 해맑게 대답한다.

"왕자님은 있어요. 우리 마음속에."

더 이상 질문이 이어지지 않았다. 약간의 적막을 깨고 무서운 표정의 기자가 질문을 했다.

"감독님께 묻겠습니다."

마이크를 집는 감독의 손이 발발 떨린다.

"감독님은 이 영화가 작품성도 있다고 생각하십니까?"

땀을 비 오듯 쏟으며 경상도 사투리 억양의 감독이 대답한다.

"예! 그것은 자신 있게 말씀드릴 수 있습니다. 이 영화는 현대젊은이들의 왜곡된 사랑을 비판하면서 사랑 자체의 순수한 관점에서만 사랑을 재해석한 작품성 있는 영화예요."

"쳇!"

기자의 콧방귀 소리가 너무 크다. 순간 기자회견 분위기는 싸해졌다.

"뭔가 착각하고 계신 것 같은데요 이건 지극히 상업영화예요! 아무런 메시지를 주고 있지 않습니다. 그냥 돈 좀 벌라고 만든 거 아녜요?!"

그리고 다 들리게 궁시렁거린다.

"작품성은 무슨… 다 갖다 붙임 되나? 감독들은 이게 문제야! 자기 영화에 빠져서 다들 무슨 깐느 갈 것처럼 똥인지 된장인지 모른다니까~ 쳇!"

감독 얼굴이 폭발하기 일보 직전이다. 목까지 분노 게이지가 올라간다. 듣다 못 한 감독이 자리에서 벌떡 일어났다.

"이~야~~~!!! 이 개시끼야~!!! 니가 영화에 대해서 뭘 알아!! 나도 감독이기 이전에 남자야! 남자!!"

싸가지 기자가 흥분해 자리에서 벌떡 일어났다. 현장 분위기는 이미 막장을 달리고 있었다.

"당신! 기자한테 개새끼라고 했어? 입봉 감독주제에 개념을 상실했구먼! 당신, 이 바닥에서 매장당하고 싶어??"

"뭐?! 니가 뭔데 매장시키니 마니 그딴 소릴 해!! 기자면 다야?! 에이~씨부랄 놈아!"

감독은 이미 이성을 잃었다.

"뭐 씨부랄?!"

흥분한 기자가 앞으로 달려나왔다. 말릴 틈도 없이 전력질주로 달려나오는 기자를 감독이 날아 차기를 해 바닥에 떨어뜨렸다.

쪽팔려, 떨어진 속도보다 일어난 속도가 더 빠른 기자는 흥분해 감독의 멱살을 잡고 내동댕이쳤다. 순간 사방에서 플래시가 터지고 감독과 싸가지 기자가 엉겨 붙어 싸우기 시작했다. 마치 국회에서 하는 싸움처럼 정의도 룰도 페어플레이도 없는 개싸움. 머리를 뜯고 헛발길질을 하고 팔을 깨물고 난리다. 옆에선 다른 기자들과 피디 스텝들이 말려 보지만 역부족이다.

현경은 배우들을 일단 피신시켰다. 그 와중에 사진을 찍는 포토들, 소리를 지르는 홍보팀, 뛰어나가다 자빠진 안주리, 기자회견장은 순식간에 아수라장이 됐다. 몇 분 후 겨우 현경은 싸움을 중지시키고 기자들에게 일일이 고개 숙여 사과한 다음 돌려보냈다.

모든 상황이 다 정리된 후, 현경은 텅 빈 극장에 털썩 주저앉았다. 현경은 망연자실했다. 현경이 울컥하는 순간 보채는 음의 카톡이 왔다.

'카톡! 카카톡~!'

힘이 빠져 확인할까 말까 하다, 신경이 쓰여 확인했다. 화면에 뜨는 이름. ♡수느님♡

'오~ 마이 갓! 내 번호는 어떻게 알았지?!'

자리에서 벌떡 일어난 현경, 눈물이 쏙 들어가고 정신이 번쩍 든다. 현경의 가만히 있던 심장이 격하게 난타를 한다. 그녀는 떨리는 손으로 카톡을 확인했다.

[이 행운의 카톡은 영국에서 시작되어… 그러니 이 카톡을 8명에게 보내라. 그렇지 않으면 너에게 저주가 내릴 것이다. 미국에선 8명에게 보내지 않아 교통사고가 나고…]

'헐~~ 분명 그날 날 쳐다보며 발라드를 불렀는데, 분명 나에게 윙크도 날렸는데, 내가 추파도 던졌는데... 그게 전부 혼자의 삽질이었나? 이 문자는 어떻게 해석해야 하는가?! 정녕 수느님은 인간이 아닌 외계인인가!?' 데굴데굴. 현경의 돌이 굴러간다.

퇴근 후 현경은 떨리는 손으로 스마트 폰을 열었다. 아니나 다를까 '시사회장 개싸움' '삽질 감독' '정의의 날아 차기' '안주리 꽈당' '안주리 노출' 등이 실시간 검색어에 올라와 있었다. 기사랑 사진이 아주 가관이었다. 감독의 공중부양 날아 차기 사진, 모두 엉겨 붙어 뜯어말리는 사진, 바닥에 대자로 자빠진 안주리의 굴욕 사진 등 주옥같은 장면들이 리얼하게 찍혀 있었다.

페이지를 넘겨 기사를 쭉 검색해 보는데 이게 웬일인가!? 현경의 사진이 정면으로 떡하니 나온 기사가 있었다. 감독이 날아 차기 하는 걸 보고 격하게 놀라는 표정의 사진이었다. 입은 턱까지 내려오고 동공은 돌출되어 있고 다리를 쩍 벌려 손가락질하는 리얼 포즈였다. 굴욕 캡처도 이런 굴욕 캡처가 없다. 기사 밑 댓글에 어떤 친절한 네티즌이 현경의 사진만 확대해 놀란 도마뱀 사진과 같이 붙여 놓고 이렇게 남겼다.

[ㅋㅋㅋㅋㅋㅋㅋㅋㅋㅋㅋㅋㅋㅋㅋㅋㅋㅋㅋㅋㅋㅋㅋ]

놀란 도마뱀과 싱크 백퍼인 자신의 사진을 본 현경은 자신을 위해 일단 정신을 안드로메다로 보냈다. 아침에 일어나니 안드로메다로 보낸 정신이 다시 돌아왔다. 현경은 이상하게 출근 준비를 하면서 기분이 좋았다. 운전하면서도 콧노래를 흥얼거렸다. 분명 회사로 가면 엄청 깨질 텐데도 무슨 생각인지 걱정이 되지 않았다. 그녀는 기분이 너무 좋아 '혹시 미쳤나?' 하는 생각도 해봤다.

숙연한 가운데 전체 회의를 시작했다. 오늘은 특별히 항상 맨 얼굴에 뻘건 립스틱만 바르는 대표님까지 회의에 참석했다. 현경은 회의실에 앉아 그제야 어제 뭔 일이 있었는지 실감이 났다.

참고로 현경의 회사엔 사장 이하 인턴까지 모두 여자다. 회사에 수맥이 흘러서인지 남자직원은 씨가 말라 버린 지 오래다. 침묵만 흐르는 가운데 전라도 유명한 마담 출신 대표님이 한마디 하셨다.

"거시기~ 장현경 팀장!"

현경은 놀라 자리에서 벌떡 일어났다.

"네! 대표님"

"어제으 사태에 대해서 워떠케 생각해븐가?"

"... 아... 죄송합니다. 제가 책임을 지고..."

"모두 우레와 같은 박수를 쳐부러~!!!"

영문도 모르고 대표님이 박수를 치라고 하자 다들 어색하게 박수를 쳐 댔다.

"... 예?....!"

"노이즈 마케팅도 하나의 트렌드여. 잘해부써~ 어제으 개싸움으로 실시간 검색어 1위를 해부면서 영화 예매율도 1위를 찍어 부써! 캬아 ~! 처음 맡은 영화를 이렇게 이슈로 만들어 내는 장 팀장의 능력은 언 블리버블이여~ 혹시 쌈 붙인 거 아니여? 푸하하하!!"

모두들 다시 한 번 박수로 현경을 축하해줬다. 현경은 얼떨결에 트렌디한 마케팅의 선두주자가 됐다. 회의가 끝나고 미진이 현경의 자리로 뭔가를 들고 왔다.

"팀장님 축하드려요. 이거 VIP 시사회 티켓이요."

현경은 표를 보는 순간 머릿속에 번뜩이는 생각이 들었다. 일단 맨 위에서 표 2장을 빼 서랍장에 넣고 열쇠로 잠갔다. 현경은 영국에서 시작된 행운의 카톡 답장을 이제야 보낼 수 있겠다는 생각을 했다.

[밥 먹었어요? 날씨가 좋죠?!]

지웠다.

[내일모레 뭐 해요?? 우리 영화 시사회 있는데 올래요??]

전송!

[낼모레?!]

답장이 바로 왔다.

[네~ 여친이랑 같이 와요^^]

현경은 일단 던졌다.

[여친?]

현경의 속이 터진다. 맘을 다시 가다듬고 답장을 보냈다.

[ㅇㅇ]

[누나 그날 끝남 뭐 해염?? 영화 보고 맘마 사주세염! ^.~]

문자로 날린 윙크 한방에 현경의 입은 귀에 걸렸다.

'푸하하하 맘마?! 아유~귀여워!! 근데, 여친이랑 같이 사달라고 하면 어쩌지? 여친이 있단 거야 없단 거야? 환장하것네~'

현경은 항상 리드하는 연애만 하던 터라 이렇게 끌려가는 건 적성에 맞지 않았다. 그래서 요즘은 종종 자신이 뭘 하고 있는지 한심하게 느껴지기도 했다. 하지만 오빠들만 만나 연하의 방어 스킬이 없는 현경은, 꽃남 연하의 애교에 손 한번 써보지 못하고 속수무책 빠져들었다. 남자만 사귀면 입에 달고 다니는 말,

'안 보면 그뿐 아냐?! 어차피 남인데, 뭐?'

현경의 연애관이다. 현경은 남자 앞에서만큼은 심각한 개인주의자다. 자신이 굳이 희생을 감수하며, 일까지 방해되면서까지 남자를 만날 이유는 전혀 없었다. 하지만 지금 그녀는 떨고 있다. 사무실 칸막이 속에서 그녀는 또 한편의 싸이코 모노드라마를 찍고 있었다.

'정신 차려! 정신 차려!! 장현경!!! 너 이런 아이니?! 이렇게 나약한 아이였니?! 너한테 실망이다. 너의 패턴을 유지해!! 남자 백 명쯤은 울린 너잖아~ 넌 진정한 고수였잖아~'

'아니야 감정에 충실해~ 이렇게 너의 영혼을 빼앗은 남자를 평생에 한 번 만나겠어? 그리고 귀엽잖아~ 좋잖아~ 생각만 해도 행복하잖아~ 푸하하하'

현경은 또 혼자 쌩쇼를 하고 있었다. 의자를 젖혀가며 웃던 현경은 갑자기 급 정색을 했다.

'수느님께 맘마를 사드려야 하는데, 맘마를 사드려야 하는데... 그날 뒤풀이가 있을 듯한데... 무슨 핑계를 대고 빠져나온담?? 아! 그래~ 엄마를 팔자. 어머니가 지방에서 올라오셨다고 해야겠다!! 참! 답장, 답장!!!'

[ㅇㅋ, 끝남 영화관 뒤 건물 스타벅스 앞 wait!]

[ㅇㅋㄷㅋ]

현경은 여친이랑 오든 친구랑 오든 수빈을 볼 수 있단 생각만으로도 기분이 좋았다. 들떠 답장을 보낸 그녀는 문득 혹시 자기가 미쳤을지도 모른다는 생각을 조심스레 해봤다.

VIP 시사회 날이 밝았다. 현경은 또 한바탕 전쟁을 치러야 한다. 갑자기 몰려든 VIP 손님들로 극장은 인산인해를 이뤘다. 영화관으로 내려오는 에스컬레이터 앞에 레드카펫이 깔렸고 연예인과 배우, 영화 관계자들이 바로 극장으로 들어올 수 있게 가드레일로 길을 만들어놓았다. 그 길이 끝나는 곳에 포토라인이 설치되어 있다. 가드레일 옆에는 극장에 영화 보러온 사람들과 연예인을 보러온 소녀 팬들, 성미 급한 사진기자들로 북새통을 이뤘다. 덩치 좋은 경호원들은 검은 양복을 입고 군데군데 서서 VIP 손님들의 안전을 살폈다. 레드카펫 위로 얼굴만 좀 아는 연예인만 지나가도 소녀 팬들은 악을 쓰며 소리를 질러댔고 사람들은 핸드폰으로 사진을 찍어대고 손을 내밀어 악수를 하려고 난리였다.

현경은 레드카펫이 시작하는 부분 옆에 테이블을 붙여놓고 간이 매표소를 차렸다. 의자에 앉아 초대권을 좌석이 적힌 티켓으로 바꿔 나눠주는 일을 하고 있었다. 쉬워 보이지만 누가 오는지 파악해야 하고, 어떤 사람을 1관으로 보내고 어떤 사람을 3관과 4관으로 보내야 하는지 잘 나눠야 하는 중요한 일이라 팀장이 직접 했다.

현경은 정신이 없었다. 옆에선 소녀 팬들이 꽥꽥 소리를 질러대고 매니저들이나 손님들은 빨리 표를 달라고 난리를 쳤다. 이 영화가 감독의 날아 차기로 이렇게 유명세를 탈 줄은 아무도 몰랐다. 무엇보다 오늘 현경의 가장 중요한 임무는 수느님께 맛있는 '맘마'를 사드려야 하는 미션이다. 수느님 자리를 가장 좋은 자리로 배정하고 현경은 그 외중에 수느님만 기다렸다.

이제 VIP 손님들도 얼추 다 들어왔고 곧 영화도 시작하는데 수빈은 보이질 않았다. 현경은 할 수 없이 자리를 정리하고 일어서려는데 갑자기 소녀 팬들의 대책 없는 비명이 들려왔다. 현경도 깜짝 놀라

에스컬레이터를 바라봤다. 검은 선글라스에 훌륭한 기럭지, 연예인들만 난다는 후광을 자체 발광하며 훌륭한 소년 하나가 유유히 내려오고 있었다. 끊임없이 들리는 소녀 팬들의 비명.

'응? 누구지?! 어디서 많이 본 사람 같은데... 신인인가? 모델인가? 역시 연예인은 연예인이야~'

현경은 무심코 표를 정리하다가 정신이 번쩍 들었다. 수빈이었다. 소녀 팬들은 누군지도 모르면서 일단 멋있으니 정신 줄 놓고 소리부터 지른 뒤 "누구야?! 누구야?!" 하며 서로 수군거렸다.

현경이 조심스레 고개를 드는데 이미 수빈은 현경의 바로 코앞에 서 있었다. 작은 숨소리도 들릴 정도의 가까운 거리. 소녀 팬들이 일제히 현경 쪽을 쳐다보고 있었다. 순간, 현경의 시간이 멈췄다. 그러다가 수빈의 목소리가 들리자 다시 현경의 시계가 돌아갔다.

"누~낭~~"

"호.. 혼자 왔어요?"

"넹~^^ 끝나고 봐용 누낭~"

현경은 표를 들고 걸어가는 수빈의 뒷모습을 넋을 놓고 바라봤다. 그가 혼자 왔다. 혼자... 데이트... 키스... MT... 현경은 이미... 혼자 갈 때까지 갔다.

영화가 끝날 때쯤 이사님께선 마무린 알아서 할 테니 어머니를 만나러 가라고 현경의 등을 떠미셨다. 현경은 쪼끔 죄송한 마음이 들었지만 주차장에서 차를 빼는 순간 잊어버렸다.

그녀는 큰 도로를 한 바퀴 돌아 극장 뒤 스타벅스 앞에 차를 댔다. 현경의 심장은 난타 공연 중이다. 이런 밀폐된 공간에 단둘이 있을 생각에… 입꼬리 한쪽이 씨~익 올라간다.

똑똑! 그때, 누군가 창문을 두드렸다. 도둑질하다 들킨 양 깜짝 놀라 돌아보니 수빈이었다. 썬팅이 짙게 되어 있어 수빈은 안을 들여다보려고 차창에 노골적으로 얼굴을 들이대고 양손을 창문에 붙인 채 귀엽게 고개를 갸우뚱거리고 있었다. 장난기가 발동한 현경은 갑자기 창문을 내렸고 수빈은 깜짝 놀라 웃으며 차에 탔다. 놀라는 모습이 어찌나 귀여운지 현경은 여차 하면 소릴 꽥 지를 뻔했다. 수빈이 타자 현경은 갑자기 긴장감이 밀려왔다. 현경은 입조차 떼기 힘들어 형식적인 말을 꺼냈다.

"영화 재미있게 봤어요?"

"그냥 그렇던데요. 첨엔 쪼끔 재밌다가 나머진 별루~"

수빈도 형식적으로 대답해 줄 것으로 생각했는데 역시 예상답안을 피해 갔다. 일단 압구정 쪽으로 차를 몰았다. 현경은 자꾸 바로 옆에 앉아 있는 수빈이 신경 쓰였다. 그의 섹시한 작은 숨소리까지 다 들렸다. 현경은 운전하는 손동작 하나하나, 사이드미러를 보는 약간의 고개 돌림 하나하나가 다 어색했다. 그녀의 입이 빠짝빠짝 마른다. 좌불

안석 그 자체다. 그때 수빈의 전화기가 울렸다.

"응! 그랜마~ 괜찮아~ 나 미역국 싫어하잖아~ 걱정 마요. 응 이제 먹으러 가염. 할머닌 진지 먹어떠?? 응~ 사요나라~"

"수빈 씨~ 오늘 혹시... 생일이에요??"

"넹"

"아... 근데 왜 나왔어요? 친구들이랑 가족들이랑 생일파티 안 하고 괜히 미안하네..."

"한국에 가족 없어요. 그리고 생일날 맨날 혼자 있는데요 뭘~"

"아... 그럼 내가 맛있는 거 사줄게요, 생일선물로 뭐 먹고 싶은 거 있어요?"

"미역국."

"예?? 지금 밥집은 문을 다 닫았을 텐데..."

"히히 농담이에요. 술이나 한잔 사줘요 누낭~"

수빈은 재미교포다. 수빈의 할머니는 혼자 일본에 사시고 부모님은 미국에 사는, 글로벌한 가족이다. 부모님과 함께 미국에 살던 수빈은 아버지의 반대를 무릎 쓰고 꿈을 위해 어린 나이에 홀로 한국에 왔고 부모님의 도움 없이 혼자 뮤지션의 꿈을 펼치기 위해 한국에서 버티는 상황이었다. 엄마가 몰래몰래 지원을 해주셨지만 수빈은 이제 그것마저도 받기 죄송해 혼자 힘으로 살아가고 있다. 그래서 그의 겉모습은 디자이너인 엄마가 보내 준 명품 옷과 소품으로 더 빛이 나지만 정작 지갑 안에는 단돈 몇만 원이 없다.

'빛 좋은 개살구' 정확한 표현이다. 현경은 전후 사정은 모르지만 어쩐지 생일에 항상 혼자 있었다는 그 말에 갑자기 생전 없던 모성애가 피 끓었다. 오늘, 이 길 잃은 어린양의 구세주가 되어 그에게 기억에 남는 생일을 선물해야겠다는 강한 의욕이 용솟음쳤다.

"뭐 먹고 싶어요? 어디 갈까요? 말만 해요. 오늘 수빈씨 생일이니까."

"가고 싶은 데 없떠요. 그냥 아무거나 먹어요."

목소리에 힘이 없다. 수빈은, 눈만 보면 속수무책 뭐든 다 들어주게 된다는 짱구의 눈빛 광선을 쏘고 있었다. 현경은 그 눈빛 광선을 한 방 맞고 분노했다.

'이런~ 나라에서 법으로 보호해야 할 분이 기운이 없으시고 다운되시다니! 이 나라의 세금을 내는 한 사람의 시민으로서 그냥 보고만 있을 수 없다!!! 부모에게 버림받았다면 내가 그의 부모가 되리라~! 미역국을 못 먹었다면 내가 그에게 미역국을 먹이리라~. 생일 케이크에 기필코 촛불을 켜야겠다~ 기필코!!'

지금껏 살면서 그녀는 이런 불타는 의지를 딱 두 번 경험했다. 한 번은 고딩 때 '학교 깨기'를 하며 일진들과 목숨 걸고 맞짱을 붙었을 때와 나머지 한 번은 바로 지금, 롸잇 나우!! 현경의 돌 굴러가는 소리가 들린다. 데굴데굴~ 데굴데굴~. 지금 문 열어놓은 한식당 없고, 술집에 간다 해도 케이크 파는 곳은 없을 테고, 현경의 집엔 룸메이트 세희가 있고, 세희가 집에 없다고 해도 갑자기 집까지 가는 건 너무 생뚱맞고...

데굴데굴~데굴데굴~ 번뜩! 현경의 돌 굴러가는 소리가 멈췄다. 현경은 급하게 차를 돌렸다. 마치 드라마의 한 장면처럼. 드리프트 정도는 아니었지만 나름 멋있게 유턴을 하고 어느 가라오케 앞에 차를 세웠다.

고등학교 때 현경의 밑에서 잠시 현경을 따르던 친구가 DJ 겸 사장으로 있는 가라오케였다. 현경은 수빈과 함께 무작정 들어가서 '레이'를 찾았다. 본명은 '왕춘식'이다. 현경의 학창시절, 하교하다 우연히 놀이터에서 집단 구타를 당하던 왕따 춘식을 현경이 구해 준 적이 있다. 그때부터 현경이 미국에 가기 전까지 껌딱지처럼 현경을 졸졸 따라다니며 현경의 보호를 받았던 일명 현경의 꼬붕이었다.

그런 춘식이 지금 현경의 사무실 옆에서 가라오케를 하고 있다. 그래서 현경의 회사의 크고 작은 회식이란 회식은 전부 레이가게에서 하고 있었다. 그렇게 따지면 레이는 아직 현경의 그늘에 있는 거나 마찬가지라 할 수도 있겠다.

레이는 170에 100킬로 어깨는 좁고 대갈장군에 배는 만삭인 남자 사람이다. 반전은 어렸을 적 비보이 출신이라 그 몸에 춤출 땐 날렵하고 유연하다는 거다. 그리고 유머감각이 하늘을 찔러 볼 때마다 여자가 바뀌는, 그것도 예쁜 여자들로만 바꿔가며 만나는 불가사의한 인물이다. 웨이터가 레이에게 무전을 치자 1분도 안 돼 레이가 카운터로 뛰어나왔다.

"요~! 요~! 요!!! 왓썹 요!!"

레이는 반가운 맘에 업 돼 하이파이브를 청했지만 현경은 무시하고 조용히 말했다.

"방 줘. 좋은 방으로."

레이는 올렸던 팔을 부끄럽게 내려놓고 바로 제일 좋은 방으로 안내했다. 현경은 일단 수느님을 소파에 앉혀놓고 방을 빠져나왔다. 현경은 방을 나오자마자 따라나오던 레이를 복도 코너에 몰았다. 100킬로가 넘는 거구가 벽에 호떡처럼 착 붙어있다.

현경은 레이에 귀에 대고 조용히 속삭였다.

"미역국 내놔~"

"뭔 소리야~?! 12시 다 돼서 와서는 지금 미역국이 어딨어~ 하하 너 애 낳았냐?!"

현경이 춘식을 째려본다. 춘식은 괜히 웃기려다 바지에 오줌을 지릴 뻔했다.

"잔말 말고, 지금이 11시 20분이니까 12시 전에 미역국이랑 케이크랑 갖고 와~ 안 그럼… 죽는다!!! 초는 21개." 황당한 표정의 레이를 뒤로하고 현경은 조신하게 수빈이 있는 룸 문을 열었다.

"누낭~ 배고파용^^"

"네~네~^^"

현모양처가 따로 없다. 곧 웨이터가 술이랑 과일 안주를 가지고 들어오고 DJ가 마이크도 세팅했다. 가라오케, 현경이 가라오케를 자신의 돈을 내고 오는 날은 1년에 딱 한 번, 그녀의 생일뿐이다. 회사 회식이나 영화 뒤풀이 때는 자주 오지만, 다 경비처리. 연봉이 아무리 높다 하더라도 술값으로 백만 원에 가까운 돈을 쓰기엔 아깝다. 차라리 그 돈을 몇 번 모아 명품 백을 사면 샀지. 하지만 오늘 현경은 그런 계산이 머리에서 돌지 않는다. 뇌가 올 스톱된 날이라 더는 생각하지 않기로 했다. 그리고 레이에게 바가지를 씌울 작정으로 수빈을 데리고 왔다.

둘이서 대충 술을 어색하게 깨작깨작 마시고 있는데 레이가 들어왔다. 어디서 급하게 알코올을 흡입하고 왔는지 좀 전과 다른 필로 현경이 있는 방으로 들어왔다. 현경이 시계를 본다. 11시 45분. 레이가 눈이 반쯤 풀려 들어오자마자 눈부신 자태의 수빈을 보더니 룸이 떠나갈 듯 큰소리로 웃어 재낀다. 현경의 심기가 아주 불편하다.

'이 시끼 이럴 줄 알았다. 지금 맘껏 웃어라... 닌 나중에 디졌어!!'

레이는 혼자 신나서 폭탄주를 말아서 돌리고 난리다. 레이가 수빈에게 계속 술을 먹여댔다. 현경은 내심 기분이 좋았다. 여자들에게 술을 먹이는 남자의 마음이랄까? ㅋ 빈속에 술을 연거푸 마셔서인지 수빈도 살짝 취기가 돈 것 같다.

12시 5분 전에 웨이터가 미역국과 케이크를 들고 들어왔다. 그 뒤로 가게 직원들 DJ들 열댓 명이 따라 들어와서 시끄럽게 생일 축하 노래를 부르며 춤을 추고 샴페인을 터트리고 불 쇼를 하고 비보잉을 해서 한바탕 혼을 빼놓더니, 수빈에게 촛불을 끄라고 했다. 길 잃은 강아지가 그제야 주인을 찾은 듯, 수빈의 얼굴이 환해지더니 큰 눈이 살짝 촉촉해졌다.

수빈이 촛불을 끔과 동시에 또 한바탕 난리를 치고 직원들은 사라졌다. 레이가 미역국을 먹이기 시작했다. 미역국에 햇반을 말아 한 수저 뜨고, 그 위에 현경이 김치를 올려 한 입 먹였다. 입만 벌려 미역국을 한 수저 먹은 수빈은 곧 눈물을 쏟을 것 같았다. 눈치 빠른 레이는 얼른 분위기를 바꾸려고 소싯적에 했던 말도 안 되는 팝핀을 코믹하게 해댔고 비의 노래를 부르며 배를 까댔다. 그 바람에 이제까지 맑고 깨끗한 1급수 청정지역에서 정화한 현경의 눈이 몇 초 만에 봉사가 됐다.

100킬로그램이 넘는 레이가 만삭의 배를 깔 때마다 현경은 맥주병을 거꾸로 들고 싶은 살의를 느꼈다. 그래도 레이 배 때문에 분위기는 180도 바뀌었다. 수빈이 레이의 재롱을 보고 배를 잡고 웃는다. 그 모습을 엄마 미소로 보는 현경, 그 순간 해냈다는 성취감과 행복함에 아무것도 바랄 게 없었다. 분위기를 한껏 띄워놓고 레이가 자리를 피해

주었다. 또다시 현경과 수빈은 밀폐된 공간에 단둘이 있었다. 술기운 때문인지 현경은 처음보다 어색하진 않았다.

"누나 우리 짠~해염."

수빈이 자신의 명품 얼굴을 현경 가까이 가져간 후 술잔을 내민다. 순간 술이 확~ 깨는 현경, 수빈이 현경 옆으로 다가와 앉는다. 목이 탄다. 현경은 한잔을 더 원샷했다. 수빈이 그윽한 눈으로 현경을 바라보고 있다.

"고마워요, 누나~ 3년 만에 미역국 첨 먹어 봐요..."

수빈은 따뜻한 미소를 지었다. 현경의 내 마음도 따뜻해졌다. 수빈은 현경을 한참 바라보더니 노래 선물을 하겠다고 벌떡 일어났다. 수빈이 노래를 예약하자 현경이 그만 '풋!' 하고 웃고 말았다. 수빈의 예약곡은 〈누난 내 여자라니까〉였다. 현경은 그런 수빈이 너무 귀엽다. 곧 눈에서 하트가 튀어나올 것 같았다. 현경이 장난스레 웃는 사이 수빈은 꽤 진지하게 노래를 부르기 시작했다.

"♫♪

나를 동생으로 그냥 그 정도로만

귀엽다고 하지만 누난 내게 여자야~

♫"

현경도 어느새 노래에 집중했다. 후렴 부분이 시작되자 눈을 감고 부르던 수빈이 현경을 뚫어지라 바라보며 노랠 부른다.

"♬♪

누난 내 여자니까

나는 미쳤으니까~

너라고 부를게~ 뭐라고 하든지

남자로 느끼도록 꽉 안아줄게

♬"

현경은 미치기 일보직전이다. 명품 비주얼에 명품 보이스, 자신만을 위해 수느님이 노래를 불러 주신다. 현경은 이미 공중부양 중이다.

'그래! 너라고 불러줘. 날 꽉 안아줘 제발~'

현경도 수빈에게 자신의 염원을 담은 눈빛 광선을 쏘고 있다. 노래를 부르며 수빈이 다가온다. 현경의 주문이 먹혔나 보다. 수빈은 현경의 앞에서 멈췄다. 그러더니 왕자님처럼 무릎 하나를 꿇는다. 2절 후렴구가 흘러나온다.

"♬♪

너는 내 여자니까~

네게 미쳤으니까~

미안해하지 마 난 행복하니까

♬♪"

　수빈은 조심스럽게 현경의 손을 잡았다. 현경은 속으로 프리스타일 랩을 했다. '한 손은 MIC. 한 손은 장현경. 손 머리 위로~ 계탔네~ yeah~!!!' 현경은 이미 수줍은 연기에 들어갔다. 그녀는 부끄러운 듯 수빈과 눈을 못 맞추고 수줍게 시선을 떨어뜨렸다. 그리고 어깨를 2cm 정도 올려 귀여움을 가미했다. 수빈은 그런 현경이 귀엽다는 듯 웃었고, 현경은 정신이 혼미해졌다. 수빈은 현경의 손을 지긋이 잡고 노래를 마무리했다.

"♬♪

너라고 부를게 뭐라고 하든 상관없어요~

곁에만 있어요~

결국엔 넌 내 여자니까~~~

♬♪"

　수빈은 노래가 끝나고 잡은 손에 입맞춤을 했다. 현경의 머리에서 연기가 난다. 순간 우당탕 문이 요란스럽게 활짝 열리더니 레이가 오버액션을 하며 뛰어들어왔다. 어색하게 있는 수빈과 현경을 본 레이가 손가락질 하며 웃는다.

"야!! 니네 사귀냐~~~ 푸하하하"

'흑! 저 시끼가 어쩐지 오늘 눈치가 좀 있다 했다...'

"야!!~ 너네 뭐 했어?! 뽀뽀했냐?! 할머니한테 봉사하냐?! 푸하하"

'그래! 오늘 돼지 잡는 날인가 보구나~ 내가 백정이 돼, 저놈의 목을 따리라~!!'

현경의 눈빛을 잠시 읽은 레이는 술이 확 깼는지 조용히 고개를 숙이고 나갔다. 레이가 나가자 어색한 분위기를 바꿔보려고 현경이 건배 제의를 했고 현경은 수빈에게 생일 노래를 불러줬다. 분위기가 무르익으면서 듀엣 노래도 부르고 옆에 앉아 장난도 치고 서로에게 궁금한 점들도 물어보고 재미있는 이야기들을 하면서 둘은 시간 가는지 모르게 놀고 있었다. 그러다 뜬금없는 정적이 흘렀고 꽤 오랜 시간 둘은 아무 말도 하지 않고 술만 마셨다. 그러다 수빈이 침묵 깼다.

"...누낭~"

"...예?"

"이제 우리 말놓장~"

"응~^^"

"누나 어떤 스타일 좋아해?"

'너! 너, 너!!! 바로 너!!!'

"음... 글쎄... 딱히 그런 건 없는데~ 호호"

"저기... 음... 있잖아...."

수빈의 의미 있는 듯한 뜸에 현경은 똥줄이 탔다. 수빈이 뭔 얘기를 하려는 걸까? 수빈이 어렵게 입을 달싹 달싹 거리려는데 갑자기 클래식 음악이 크게 흘러나왔다.

"어?! 가라는 건가 봐 이제 일어나자 누나~"

현경은 김이 팍 셌다. 다음에 오면 가라오케를 엎어 버리리라 마음먹고 현경은 자리에서 일어났다. 수빈에게 카운터에 가서 대리기사를 불러달라고 부탁하라 하고 현경은 계산을 하기 위해 레이를 불렀다. 방에 둘이 있게 되자 레이는 현경과 눈도 못 마주쳤다. 현경은 바로 레이의 얼굴에 하이킥을 날리고 싶었지만 계산 때문에 참았다.

"얼메고?"

"50..."

"죽고 싶나?!"

"진짜 많이 DC 해준 거야 니도 알잖아~"

현경은 가방에서 지갑을 꺼내려 손을 뻗었을 뿐인데 레이가 죽는 소리를 하며 팔로 자신의 얼굴을 마크하고 난리다.

"니 뭐하노?"

"... 때리는 줄 알고..."

헛웃음이 난 현경은 지갑에서 십만 원짜리 수표 두 장을 레이 앞에 당당히 놓고 레이의 처진 어깨를 탁탁 두 번 두드리고 일어났다. 울상이 된 레이 목소리가 떨린다.

"현경아~ 만원만 더 줘... 애들 팁은 줘야지..."

현경은 지갑에서 만원을 빼 레이에 가슴에 꽂아 줬다. 그리곤 당당히 걸어나갔다. 가라오케를 나오니 벌써 4시가 넘었다. 시간이 이렇게 흘렀는지 몰랐다. 수빈과 대리기사 아저씨가 밖에서 기다리고 있었다. 현경은 수빈과 이렇게 오랜 시간을 함께 있었는데도 막상 헤어지려니 아쉬웠다. 그러는 사이에 아저씨가 현경의 차 운전석에 탔다. 수빈이가 현경에게 귓속말로 앞자리는 위험하다며 뒷좌석 문을 열어주었다.

현경이 자리에 앉자 집에 가면 꼭 문자 남기라고 당부를 하고 수빈이 문을 닫았다. 그러고 나서 출발하려는데 아저씨가 급브레이크를 밟았다. 살짝 놀라 앞을 보니 수빈이 그새 차 앞으로 와서 라이트를 받으며 서 있는 게 아닌가?? 현경과 눈이 마주치자 수빈은 귀엽게 눈웃음을 치며, 그 우월한 긴 팔로 하트를 만들어 현경에게 날리고 있었다. 자세히 보니 다리도 귀엽게 오다리를 하고 있다. 오다리만 아니었어도 그냥 갔을 텐데 현경은 눈에 넣어도 안 아픈 수빈을 길거리에 버려두고 가려니 도저히 발이 떨어지지 않았다.

"수빈아, 타!! 데려다 줄게~"

수빈은 한 번의 망설임도 없이 냉큼 현경 옆으로 와 환하게 웃으며 앉았다. 수빈이 타자마자 현경의 손을 꼭 잡았다. 현경은 술기운에 용기를 내 수빈의 어깨에 머리를 살짝 기댔다. 대리비를 더블로 줘야하지만 현경은 아깝지 않았다. 몸이 으스러져라 돈을 벌어 값진 곳에 쓰는 거니까. 야근한 보람이 느껴졌다. 신사동 가로수 길 뒷골목 수빈의 집 앞에 도착했다.

"누나 오늘 진짜 고마웡~ 조심히 가엉~^^"

"응 잘자~ 다시 한 번 생일 축하해~^^"

수빈이 내리려다 말고 고개를 휙 돌려 현경의 볼에 뽀뽀를 쪽 하고 내렸다. 문이 닫히자 아저씨가 급하게 차를 몰았다. 현경은 놀라 멍하니 자신의 볼을 만져 본다. 그녀는 아쉬웠다. 자신이 조금만 고갤 돌렸으면 입에다가도 할 수 있는 타이밍이었는데...

그래도 그녀는 오늘 계 탄 기분이다. 현경은 집으로 가는 내내 창밖을 보며 혼자 웃고 '아잉~ 몰라' 까지 하며 난리를 쳐 댄다. 대리 운전 아저씨는 그녀의 행동을 백미러로 슬쩍 보고 공포를 느꼈다. 그녀가 자신을 해칠지도 모른다는 생각에 아저씨는 액셀을 힘차게 밟아댔다. 그러거나 말거나 현경은 발까지 동동 구르고 난리다.

현경은 씻고 침대에 누웠다. 늦은 시간인데도 정신이 말똥말똥하다. 눈을 감았다. 수빈의 얼굴이 떠오른다. 현경은 다시 눈을 번쩍 떴다. 까르르 웃으며 소리를 지르고 공중에 헛발차기를 해 댄다. 잠시 후

건넛방에서 세희의 외침이 들렸다.

"(((((((잠 좀 자자! 이 미친년아~)))))))"

현경은 씩 웃고 다시 눈을 감았다.

Episode 3.

너 그거 마시면 우리 사귀는 거다.

〈내 머리 속의 지우개〉 중에서

〈삽질의 여왕〉이 예상 밖의 흥행 가도를 달리고 있었다. 이제 현경의 팀은 막바지 스퍼트를 올릴 시점이다. 막판 홍보에 힘입어 스코어에 탄력을 받아 쭉쭉 나갈 수 있게 해야 한다. 그런 뒤에는 입소문에 영화의 운명을 맡길 수밖에 없다. 이런 부류의 트렌디한 기획영화는 홍보를 어떻게 하느냐에 따라 승패가 나뉜다고 해도 과언이 아니다. 그래서 거의 제작비보다 홍보비 예산이 높다.

〈삽질의 여왕〉은 현경 회사의 주력 영화 중 하나인데, 뜻밖의 선전으로 현경은 전 직원의 주목은 물론이고 사장님의 총애까지 한 몸에 받고 있었다. 그래서인지 현경의 업무는 두 배로 많아졌다. 현경은 매일 아이디어 회의를 밥 먹듯 하고 야근은 기본, 밤을 새우기 일쑤였다. 그 결과 〈삽질의 여왕〉이 예매 순위 2위와 관객 스코어 첫 주 1위를 했다. 경쟁력 있는 외화나 한국영화가 없는 황금 같은 시기라 관객 스코어가 다소 떨어지긴 해도 어쨌든 첫 주 1위다. 현경은 하늘을 나는 기분이었다. 현경이 낸 아이디어로 카피를 만들고 그 카피들이 인터넷 포털사이트 메인화면에 배너로 오르고, 잡지며 신문에 대문짝처럼 크게 실리고 시내 전광판 광고에도 현경의 아이디어가 등장하며 여기저기서 현경의 땀과 눈물이 빵빵 터지고 있었다. 다른 사람들 앞에선 가식적일 정도로 겸손하게 자신을 낮추지만, 현경 스스로는 자신의 능력과 자질을 높이 평가한다. 그녀는 항상 뭘 하든지 자신감이 넘치고 언제나 스스로 용기를 주고 꿈을 위해서 최선을 다하는 프로다. 현경 X-남친이 현경에게 이런 질문을 한 적이 있다.

"회사에 호출이 왔어~ 근데 나도 니가 너무 필요한 상황이야~ 그럼 넌 어디로 갈 거야?"

"그걸 말이라고 하냐?! 회사 가야지~"

"내가 아프면?!"

"오빠~ 난 남자보다 일이 중요해. 그러니까 그런 질문하지 마! 어차피 내 답은 똑같고, 그런 말 들음 오빠 맘만 상하잖아."

"너무 하다... 난 너한테 갈 건데... 회산 그만두면 되지만, 너랑은 그만둘 수 없으니까~ 그리고 네가 일보다 훨씬 소중하니까!"

"미안, 난 아냐~"

X가 울음을 터트리며 뛰어나갔다. 현경은 그런 독한 여자다. 단, 수빈을 만나기 전까진. 하지만 생일 이후에 수빈에게서 연락이 없다. 사실 그녀는 지금 일이고 나발이고 아무것도 하고 싶지 않았다. 일에 올인하는 건 단지 짬이 생기거나 여유로워지면 혹시 수빈에게 전화라도 걸까 봐서이다. 현경은 이 시점에서 자신이 먼저 연락하면 안 된다는 걸 잘 알고 있기에 1분마다 한 번씩 수빈이 생각나지만 죽을힘을 다해 참고 있다. 하지만 현경은 그 와중에도 손에서 핸드폰은 놓지 않았다. 심지어 똥을 싸면서도 핸드폰을 손에 꼭 쥐고 힘을 준다. 일할 땐 물론이고 책상 위에 올려 두고 100번은 더 쳐다본다. 일이 산더미 같은데도 이 정도인데 한가했음 아마 그녀는 돌아버렸을 것이다.

벌써 일주일이 지났다. 현경은 피가 마른다. 어디 누가 이기나 보자 싶다. 수빈이 때문에 변비까지 얻게 된 현경은 그날도 화장실에서 폰을 꼭 쥐고 힘을 주고 있었다.

'카톡! 카카톡~!'

예감이 뭔가 있다. 그녀는 조심스레 비번을 풀었다. 수빈이다!

[누나 뭐해요?]

[친구랑 티 타임~]

화장실에 똥냄새가 진동을 한다.

[아~ 즐.]

현경의 머리에선 연기가 올랐다. 즐?! '누나 뭐해요 보고 싶어요. 매일매일 만났음 좋겠어요' 라고 해도 모자랄 판에 뭐?? 즈~~을?! 현경은 절대 즐~이 될 수 없었다. 머리에 겨우 불을 끄고 답을 보낸다.

[ㅇㅇ]

현경은 짜증이 밀려왔다. 자꾸 그에게 말리는 것 같다. 소리라도 지르고 싶었다. 도대체 내 손은 왜 잡은 거니?! 왜?! 뽀뽀는 왜 한 거니 왜?! 잔잔한 호수에 왜, 왜 수류탄을 던진 거니?! 왜??!! 현경은 똥을 싸다 말고 소릴 질러댔다.

"(((((((((((왜~~~??))))))))))"

설거지를 하던 세희가 놀라 화장실 쪽을 쳐다봤다.

"쯧쯧 저년이 드디어 미쳤네..."

다시 한주가 시작된 하루의 끝, 다들 빠짐없이 퇴근했고 현경만 집에 갈 생각 하지 않고 사무실에서 일에 매진했다. 벌써 10시. 문득 고개를 들어 수빈을 생각하는 현경, 수빈이는 지금 뭐 하고 있는지 혼자 있는데 잘 챙겨 먹고 다니는지... 이젠 연락이 안 와서 짜증이 나기보다 그 아이 걱정이 먼저 된다.

갑자기 현경의 전화기가 울린다. 깜짝 놀라 전화기를 떨어뜨릴 뻔했다. 이번에도 예감이 남다르다. 현경은 마음을 진정시키고 심호흡을 한 번 하고 나서 떨리는 마음으로 수신자를 확인했다.

그 순간 현경은 전화기를 던질 뻔했다. 된장! 춘식이 레이였다. 고사 상 위에 올리기 딱 좋은 A급 미소를 띤 춘식의 사진이 떴다. 현경은 춘식의 얼굴을 보니 화가 더욱 치밀었다. 안 받으려다 응답 버튼을 터치한다.

"왜…?"

현경은 최대한 화를 참으며 건조하게 말했다.

"니는 전화 받자마자 왜가 뭐꼬??"

"닥치고! 와 전화했어??"

"니 이렇게 얘기하는 거 수빈이도 아나?! 푸하하."

현경은 사무실에 아무도 없겠다 폭발하기 일보 직전이다.

"니 혹시 그 자식 좋아하나~?! 으하하하~ 와? 할마시 얼라 기 빨아 먹을라고~? 그 자식 혹시 선수 아이가?! 돈 냄새 맡고 니 만나는 거 아이야?! 니 너거집 땅이랑 건물 얘기했지? 니가 그럴 줄 알았다. 안 그라믄 니같은 쭈그렁 망탱이 누가 만나주노~ 니 혹시 뭐 사 준 거 없나?! 용돈 줬나?!"

들자 들자 하니까 이 돼지가 자기가 들어갈 바비큐 장작에 불을 지 피는 소리만 하고 자빠졌다. 현경은 카운트다운에 들어갔다.

"야~ 니 내 말 듣고 있나?! 여보세요?? 여보세요?! 할망구~ 할망구 ~ 어린놈 기 빨아먹고 회춘은 했나? 으하하하~ 어쩐지 피부가 좋아졌더라~ 우헤헤!! 우헤헤! 우헤헤~! 우헤헤헤헤~!!"

5.

4.

3.

2.

1.

GO!!!

"(((((((((이~야~!!! 왕 대가리!!!)))))))"

현경은 남자 음성에 가까운 시원한 복식호흡으로 스타트를 했다. 열이 받을 대로 받은 현경은 원어민발음의 욕이 쏟아져 나왔다.

"이 돼지시끼가 술 처먹드만 처돌아 뺏나?! 똥인지 된장인지 천지를 모르고 설치 쌌네~ 니 또 놀이터에서 다구리 한번 놔뿌까? 또 오줌 질질 싸구로! 이 시끼가~ 참자 참자카이 참나무로 비나?! 보자 보자카이 보자기로 비나?! 니 어디야? 빨리 울 사무실로 당장 기들어와! 내 니 관 짜 놓고 기다리고 있다이~ 지금 당장 보람상조에 가입해라. 최고급 리무진으로 니를 정성스럽게 모실라니까 엔딩을 화려하게 장식해야지~ 내는 느그 가게 불 싸~질러 뿌고 니 차 폭파 시키뿌고 맘 편하이 빵에 드가뿔란다 알겠나 이시끼야!!?? 여보세요? 여보세요~!!"

현경의 코에서 김이 씩씩 난다. 화가 안 풀린 현경.

"이 시끼가~기시끼! 디질라고! 기시끼~비러묵을 시끼! 씩!씩!씩~씩!"

현경은 사실 말하면서 점점 흥분하는 스타일의 다혈질이다. 카운트 다운이 시작될 때부터 현경은 이미 이성을 잃었다. 현경의 머릿속에는 온통 돼지를 잡아서 면상에 하이킥을 날리는 생각 밖에 나질 않았다. 현경은 돼지 잡으러 출동준비를 했다. 그녀는 잽을 몇 번 날리며 몸을 푼 후 대충 가방을 챙겨 빠른 복싱 스텝으로 엘리베이터로 향했다. 몇 발짝 걷다 고개를 든 현경은 순간 그 자리에서 석고상이 되어버렸다.

"누.. 누나..."

수빈이 현경을 바라본다. 현경의 머리는 혼자 쥐어뜯어서 헝클어져 있고, 눈에 핏발은 선명하며 콧구멍은 확장되어 연기가 나오고 있었다. 그대로 석고상이 되어버린 현경, 눈앞이 캄캄하다.

'레알 멘붕' 이다. 현경은 지금 손 하나 까딱할 수 없다.

눈이 마주치고 몇 초의 정적 후, 수빈이 먼저 입을 열었다.

"잘... 지냈... 엉?"

"끄~응... 어... 웬일이야?"

"근데 누나, 외국에서 전화 왔어? 일본어는 아닌 것 같고 러시아 말인가? 암튼, 나가자. 오늘 나랑 술 한잔해~"

"어? 어..."

현경은 얼떨결에 따라나섰다. 현경은 쪽팔리고 얼굴이 화끈거려 아무 말도 못한 채 땅만 보고 걸었고, 수빈도 무덤덤한 표정으로 아무 말

없이 걷고 있었다. 그들은 처음 만난 날 갔던 술집으로 향했다.

술잔을 앞에 둔 수빈과 현경. 평소 밝은 수빈이 오늘은 좀 달라 보였다. 현경은 긴장했다. 그런데 그의 얼굴을 보고 있으니, 현경은 걱정도, 수빈에 대한 원망도 모든 게 사라졌다. 그냥 가슴이 뭉클했다. 현경은 왜 갑자기 감정이 북받치는지 알 길이 없었다. 어찌 됐든 그가 지금 이렇게 그녀 앞에 앉아 있다. 현경은 이것만으로도 됐다. 수빈의 얼굴이 살짝 수척해 보이긴 했지만 그동안 잘 지내고 있었던 것 같아 다행이었다. 현경은 깊은 안도의 한숨이 나온다. 그런데 항상 티 없이 밝은 수빈의 얼굴이 경직되어 보인다. 현경은 자신이 그를 부담스럽게 했을까 걱정이 된다. 뭔가 불길했다.

'괜찮아~ 수빈아 난 괜찮아~ 아직 시작도 안 했으니까... 오히려 빨리 말해줘서 고마워...'

혹시나 마음에 상처라도 받을까 현경은 스스로 다독였다. 현경과 수빈은 별 얘기 없이 술을 한두 잔 마셨다. 별 흥미도 없는 형식적인 얘기를 간혹 한마디씩 하면서... 그렇게 시간이 좀 지났고 둘 다 취기가 살짝 올랐다. 현경은 점점 더 불안했다.

"누나..."

계속 고개를 떨어뜨리고 있던 수빈이 얼굴을 들었다. 조그만 얼굴에 면적도 얼마 안 되는 뺨이 발그레했다. 그 와중에도 현경은 수빈의 귀여운 얼굴에 가슴이 뛰었다.

"응~ 말해..."

"누낭..."

"응. 수빈아~"

"누나~."

"응..."

현경은 수빈이 편하게 말할 수 있게 기다렸다.

"누나, 제 생일 이후로 많이 생각해봤는데요..."

갑자기 말끝에 존댓말을 쓴다. 불길하다. 다시 확 멀어진 것처럼 거리감... 현경은 순간 외로워졌다. 슬픔보다 외로움에 가까운 이 기분은 뭘까? 현경은 스스로를 계속 다독였는데 막상 이제 수빈을 못 본다고 생각하니 마음이 아팠다. 현경은 사실 아직 이런 감정을 스스로 안을 수 있는 성숙한 여자가 아니다. 여자들이라고 모두가 남자보다 성숙한 건 아니다. 현경은 벌을 받고 있다는 생각을 했다. 이제껏 남자들에게 함부로 말하고 상처 준 것들에 대한 벌. 후회가 밀려온다. 현경이 아무런 예고 없이 이별을 통보했을 때 현경의 X남친 중 하나는 눈물까지 보였다. 그걸 보고 현경은 재수 없다는 둥 정이 더 떨어진다는 둥 그런 정신 나간 소리나 했던 자신이 부끄러웠다.

그 남자는 현경과 헤어지기 싫어서, 이별이 마음 아파 눈물까지 보였는데... 이제 현경은 그 남자들 눈물의 의미를 조금은 알 것 같다.

현경이 그를 쳐다봤다. 그의 눈동자가 살짝 흐리멍덩하다. 이 상황에서도 그녀는 그가 귀엽다. 그의 모습이 사랑스럽다.

"누나…"

현경이 살짝 미소 지으며 수빈을 봤다. 혹시나 자신이 너무 심각한 얼굴을 하면 수빈이 부담스러울까 봐. 수빈이 드디어 본론을 말한다.

"저는요. 누나… 저는요. 지금 거지예요… 근데요~ 저는 꼭 잘 될 거예요!"

"응. 넌 잘 될 거야. 지금 조금 힘들어도, 앞으로 정말 잘 될 테니까 걱정 마~"

수빈의 얼굴이 급 화색이 돈다.

"그죠?! 누나, 저 앞으로 잘 될 것 같죠?!"

"응~ 그럼! 잘 될 거야. 완전 잘 될 거니까 걱정은 아니 아니~ 아니되오~~ ^^"

현경은 어색하게 유행어까지 했다. 하자마자 괜히 했다 싶었다.

"정말이죠?! 누나도 그렇게 믿는 거죠??"

수빈의 눈에서 빛이 반짝인다.

"그럼~ 난 믿어~^^"

"그럼 됐어요!! 누나가 절 이렇게 믿어주심 됐어요!"

그러더니 수빈이 벌떡 일어났다.

"그 얘기 하려고 이렇게 뜸 들인 거야?"

"네! 내일 1시에 누나 집 앞으로 갈게요. 늦었어요. 빨랑 집에 가요.
내일 우리 소풍 가요."

현경은 뜬금이 없었다. 그리고 소풍?! 늦가을이라 날씨가 꽤 쌀쌀한
데 무슨 소리를 하는 건지... 현경은 얼떨결에 밖으로 떠밀려 나와 수
빈의 손에 끌려 차 있는 곳까지 걸어갔다. 그녀는 가는 동안 수많은 질
문이 머릿속에 꽉 차있었지만 한마디도 걸지 못했다. 그 이유는 수빈
이 가게를 나오자마자 현경의 손을 덥석 잡고 초등학생처럼 팔을 흔
들어 대며 걸었기 때문이다. 그것도 천진난만하게 노래를 부르면서.
하지만 현경은 수빈의 그런 행동에 얼굴이 쑥스럽거나 당황해서 말을
못 붙인 게 아니었다. 이유는 팔이 떨어져 나갈 것 같았기 때문이었다.
수빈보다 단신인 현경은 수빈이 팔을 돌릴 때마다 다리가 살짝 공중
으로 떴다 떨어지고 떴다가 떨어지고를 반복했다. 발에 흙 한 번 안 묻
히고 현경은 자신의 차 앞까지 왔다.

수빈이 현경의 손을 놓아주었다. 그제야 말을 꺼내려고 하는데 수빈
이 현경을 차에 밀어 넣었다. 그러더니 차 문을 꽝 닫고, 해맑게 웃으
며 손을 젓는 게 아닌가?!

"빠빠이~ 잘 가~ 누나^^ 조심히 가~ 행복해야 해~ 으하하."

그러고 나서 밝은 표정으로 막 뛰어 달아난다.

'저게 미친 기가 아니면 내가 미친 기가?'

현경은 긴장한 탓에 술도 거의 마시질 않았는데, 빈속에 소맥을

스트레이트로 다섯 잔은 먹은 기분이었다. 피식 웃음이 났다. 도깨비 한테 홀린 듯 침대에 누운 현경은 어리둥절했다.

'소풍? 우리 집을 아나?! 모를 텐데... 근데 행복하란 말은 또 뭐지? 도깨비 같은 놈이네...'

현경이 처음 보는 캐릭터다. 진짜 외계에서 왕림하셨나? 연애 고수 현경의 예상답안을 100퍼센트 피해 나가는 아이. 나의 수도 못 보여주고 그의 수도 단 1퍼센트 읽지 못하는 랜덤 같은 아이다. 현경은 이제 호기심과 함께 오기가 발동했다. 하지만 헤어지잔 말은 아닌 것 같아 기분은 좋았다. 현경은 이불을 덮었다. 입꼬리가 스르르 올라간다.

'♪카톡~카카톡~♬'

[누나, 나 잠실역인데 집이 어디야??]

현경은 놀라 침대에서 벌떡 일어났다. 눈을 뜨니 12시였다. 빈말이 아니었다. 현경은 정신이 없었다. 뭐부터 해야 할지, 일어나서 슬리퍼를 신고 우왕좌왕했다.

아, 문자 답장부터!

[잠실역 1번 출구로 나와서 200미터쯤 오다 보면 김치찌개 집이 있어. 끼고 우회전 여섯 번째 건물.]

아주 정확하게 가르쳐줬다. 10분도 안 걸린다. 현경은 산발에 노숙자 잠옷을 입고 자리에서 팔짝팔짝 뛰었다. 현경은 바람을 가르며 화장실로 뛰어가 빛의 속도로 샤워를 했다. 혹시라도 가까이 있다 보면 그가 자신의 머리 냄새를 맡을 수도 있으니 고민 끝에 머리도 감았다. 시간은 없었지만 혹시 하는 맘에, 수빈이 자신의 머리 냄새를 맡을 수 있는 여러 가지 가능성을 열어 두었다. 현경은 정신 못 차리고, 찬물에 소리 질렀다가 뜨거운 물에 소릴 질렀다가 화장실을 난장판으로 만들어놓고 대충 뛰쳐나왔다. 거실에서 TV를 보다 우당탕거리며 빨가벗고 뛰어다니는 현경을 본 세희는 고개를 절레절레 흔들며 얘기했다.

"다 때리 뿌사라 이년아~~"

빨가벗은 현경은 뭐부터 해야 할지 몰라 또 자리에서 방방 뛰고 있었다.

'♪카톡~카톡~!♬'

깜짝 놀란 현경이 핸드폰을 들고 호들갑을 떤다.

[누낭~ 나 누나 집 앞이얌~ 드림 오피스텔 맞지?! 천천히 나왕~^^]

'미치고 폴짝 뛰겠네. 그나저나 뭐 입고 가지?? 이런 날은 고민하는 시간만 1시간은 필요한데... 미치겠다!'

화장은 대충 비비크림만 바르고 립글로스로 마무리했다. 현경은 비비크림을 바르면서 오늘 입을 의상에 대해 그림을 그려봤다. 실험정신을 배제하고 일단 떠오르는 무난한 것을 옷방에 가서 꺼내 입었다. 현경은 쌀쌀할 날씨에 밖에서 기다리는 수빈이 걱정돼 맘이 급하다. 부모 없는 하늘 아래, 감기라도 걸리면 큰일이다. 급한 마음에 후다닥 가방만 챙겨서 뛰쳐나왔다. 현관문을 닫자마자, 복도에서 머리를 쑥~ 내밀고 밑을 내려다보았다. 수빈과 눈이 마주쳤다. 현경이 내려다보는 순간 수빈도 위를 휙~ 하고 쳐다봤기 때문이다. 그가 갑자기 위를 쳐다볼지 몰랐기에, 현경도 순간 움찔했다.

올려다보는 수빈의 모습이 눈부셨다. 햇살이 반짝이며 수빈의 용안을 비추었고 수빈의 얼굴엔 반사판을 댄 듯 빛이 났다. 수빈은 가슴골이 살짝 보이는 깊은 브이넥 굵은 니트를 입었다. 연한 회색과 아이보리 실이 섞인, 꽃미남들만 입을 수 있다는 몸에 착 감기면서 처지는 스타일의 니트. 목에는 가죽으로 된 줄에 빈티지한 명품 펜던트가 멋스럽게 달려있었다. 머리스타일도 역시 퍼펙트! 혼자서 저렇게 머리를 만질 수 있다니 대단했다. 완벽한 모습의 수빈을 보니 현경의 심장이 격하게 두근거렸다. 그를 처음 봤을 때와 비슷한 임펙트로 현경은 다시 비쥬얼 쇼크를 받았다. 그가 그녀를 보자 환하게 웃는다. 그녀의 가슴이 벅차다. 현경이 넋을 놓고 침을 질질 흘리고 있는데 수빈이 소리쳤다.

"누낭~ 누낭~! 하하^^"

수빈이 현경을 보며 웃는다. 그런데 좀 이상했다. 반가워서 웃는 것만은 아닌 것 같았다.

"누나~하하! 오늘 힙합이야?! 머리 수건 이쁘당~"

오! 마이~갓! 머리도 안 말리고 수건을 머리에 둘둘 말고 그냥 나온 게 아닌가? 현경은 창피해 후다닥 다시 집으로 들어갔다. 드라이기로 머리카락을 말리는 동안, 현경은 멘붕 상태로 방언을 쏟아 부었다.

"아~ 악~~ 장현경 좋겠다! 정신 나가서!! 나도 너처럼 정신 줄 놓음 좋겠다. 멋있다, 너! 부~ 부부~ 아아~~~ 히히히~~~ 내~게~ 강~ 같~은 평화~~! 다시는 이런 일 없도록 조심하겠습니다!!! 에베베베~ *&^%*#@$!!!"

현경이 쪽 팔릴 때 나오는 버릇이다. 이왕 이렇게 된 거 가벼운 세미 정장을 입었던 현경은 옷까지 갈아입었다. 최대한 어려 보이는 스타일로. 무릎까지 오는 갈색 부츠에 짧은 청치마, 위에는 귀여운 후드 티를 입고 선글라스까지 꼈다. 다시 머리와 얼굴을 점검한 다음 현경은 아무렇지 않은 듯한 얼굴로 내려갔다. 그나마 다행이다. 옷을 안 갈아입었으면, 사람들이 이모가 조카 데리고 다니는 줄 알았을 것이다.

현경과 수빈은 차를 탔다. 운전하는 현경은 또 여좌침석이다. 오늘 수빈은 대 놓고 현경을 뚫어져라 쳐다본다. 현경은 고개를 돌리지 않아도 그 따가운 시선이 느껴진다. 현경의 어깨랑 목, 핸들을 돌리는 손이 뻣뻣하기만 하다. 그리고 운전 중에도 허벅지를 가늘게 보이려고 뒤꿈치를 살짝 들며 페달을 밟느라 여간 고역이 아니다. 현경은 두 발 다 편하게 내려놓은 척하며 살짝 힘을 줘 티 안 나게 허벅지를 들었다.

한 다리는 브레이크와 액셀을 번갈아 밟고, 한 다리는 허벅지를 모아 붙이고 종아리를 멀리 보내 길어 보이게 했다. 보통 일이 아니다. 그래서 여자들은 남자친구를 사귀면 살이 빠지나 보다.

현경은 수빈이 내비게이션에 찍은 대로 운전을 하고 있었다. 미사리 조정경기장. 현경이 처음 가보는 곳이다. 그래도 현경의 집에서 그리 멀지 않아 다행이다. 현경의 다리에 마비가 오기 직전에 목적지에 도착했다.

주말이고 날씨도 좋아서인지, 생각보다 많은 사람이 조정경기장 잔디밭에서 피크닉을 즐기고 있었다. 치킨이나 도시락 같은 걸 먹고 있는 가족단위 그룹들, 누워서 책을 읽는 커플들 등 많은 사람이 주말을 즐기고 있었다. 인라인스케이트를 타는 어린이들과 2인용 커플자전거를 타는 여인들, 희한한 세 발 킥보드 같은 걸 타는 사람도 있었다.

추위를 유난히 타는 현경은 사람들을 보며 경악했다. 수빈이가 큰 나무 밑에서 걸음을 멈추더니 얇은 담요를 꺼내 자리를 깔았다. 자리를 펴고 뿌듯한 얼굴로 현경에게 앉으라는 손짓을 한다. 현경은 뭐 이런 것까지 준비했냐는 감격한 얼굴로 차가운 바닥에 앉으며 웃었다. 현경이 앉자 수빈이가 바지 뒷주머니에서 딱 손바닥만 한 도라에몽 손수건을 꺼내 현경의 무릎을 덮어주었다. 퍽이나 따뜻하다. 현경은 웃으며 고맙다는 눈짓을 보냈다. 사실 그녀는 추워서 입도 떼기 싫었다.

수빈이 갑자기 손수건 소개를 했다. 이 손수건은 도라에몽 2007년 극장판으로 〈진구의 마계 대모험 7인의 마법사〉 편 한정판 손수건이란다. 자신의 보물중 하나라고 했다. 현경은 무슨 리액션을 취해야 할지 난감했다.^^;

일단, 호수를 바라보며 둘은 나란히 앉았다. 햇살이 한가득 수면 위로 하얗게 부서져 반짝인다. 수빈이가 이어폰 한쪽을 현경의 귀에 꽂고 다른 한쪽은 자신의 귀에다 꽂았다. 음악의 흘러나온다. 월트 디즈니의 주옥같은 만화주제곡을 일렉트로닉 버전으로 편곡한 음악이었다. 귀엽고 기분 좋은 멜로디에 현경의 기분도 상쾌해졌다. 하지만 기분 좋은 것은 잠시, 30분도 안 돼서 바람이 휙~ 하고 지나갔다. 현경의 눈엔 눈물이 고였다. 드디어 시작이다. 현경은 정신이 번쩍 들었다. 수빈은 음악과 분위기에 취해서 여전히 행복한 표정으로 호수를 바라보고 있었다. 수빈이 웃는다. 현경은 추운 날씨에 살짝 짜증이 났지만 수빈의 얼굴을 보니 마냥 모든 게 행복했다.

갑자기 눈치 없이 현경의 배에서 꼬르륵 소리가 크게 났다. 수빈은 씨~익 웃더니 준비한 종이 가방에서 뭘 주섬주섬 꺼낸다. 이단 도시락이었다. 현경은 도시락을 보자마자 추위는 온데간데없이 사라지고 그저 감동만이 남았다.

현경은 부푼 기대를 안고 도시락을 열었다. 그냥 김밥을 천국에서 사서 넣었거나 김치볶음밥 정도일 줄 알았는데, 색깔이며 모양이 보통 솜씨가 아니었다. 처음 연 도시락 안에는 유부초밥이랑 베이컨 김치말이가 있었다. 센스 있게 파슬리로 장식까지 해 완성했다. 다른 도시락을 여니 한쪽에는 한입 크기의 샌드위치와 나머지 공간에는 방울토마토와 키위가 예쁘게 담겨 있었다. 입이 쩍 벌어졌다. 현경은 놀란 토끼 눈을 하고 수빈을 한참 쳐다보았다.

"오늘 아침에 내가 다 만든 거야~ 누낭 생각하면서 만들었으니까 어서 먹어 봐~ 히히"

현경은 감동해서 뽀뽀라도 해주고 싶었다. 키스면 더 좋고. 현경이 유부초밥을 나무젓가락으로 집으려고 하는데, 손이 얼어서 말을 듣지 않았다. 수족냉증을 앓고 있는 현경에게 장시간 야외활동은 쥐약이었다. 손에 감각이 없었다. 그래도 먹어보겠다는 집념으로 폭풍 젓가락질을 해댔다. 그런데 집으려고 하면 떨어지고, 집으려고 하면 젓가락이 교차하고 난리가 났다.

"누나 애기 같아~ㅎ 젓가락질도 못하는 애기~ 누나 완쮼 애기네 애기~!!"

"끙. 어렸을 때부터 젓가락질을 잘 못해서 포크만 썼더니 잘 안 되네~ 하,하하!^^;"

"그러니까 누난 애기지~ 이그! 애기~^^^"

그가 이상할 정도로 오버해서 웃는다.

"크하하~^^ 젓가락질도 못하고~ 하하! 누난 꼬마 숙녀다! 자! 아~

하세요. 꼬마 숙녀님~"

꼬! 마! 숙! 녀!!! 이 단어가 가당키나 한 말인가?! 낼모레 계란 한 판, 수족냉증을 앓고 있고 치마만 입으면 무릎이 시린, 현경은 꼬마 숙녀다. 어렸을 때 집이 시골이라 남자애들이랑 개구리 잡으러 돌아다니고 칼싸움만 하던 현경인데 심지어 중학교에 입학해 교복 치마를 입고서야 현경의 성별이 여성이란 걸 안 동네 주민도 있었는데... 현경은 난감했다. 이 상황을 어떻게 받아들여야 할까?! 뛸 듯이 기뻐해야 할까? 수줍은 척 소녀가 되어야 할까? 아니면, "앙~ 나 꼬마 아냐~!! 나 내년에 서른 먹는 어른이야~"하고 앙탈을 부려야 할까? 몇 초 사이 오만 가지 생각이 현경의 머리에 스쳐 지나가는데 유부초밥이 현경의 입속으로 쑥~ 하고 들어왔다.

얼떨결에 현경의 턱은 자동으로 유부초밥을 씹고 있었다. 그런데 맛이 보통이 아니다. 간이 딱 맞게 밥에 배어 새콤달콤하고 고소했다. 평소 이런 걸 집에서 만드는 것 자체가 불가능하다고 생각했던 현경은 수빈이가 이런 걸 직접 만들었다니 신기하기만 했다. 식당에서 먹던 유부초밥보다 담백하고 고소한데다 맛이 깔끔했다. 여자는 그렇다. 싫은 남자와 최고급 이태리 레스토랑에서 입에도 안 맞는 에스카르고를 먹는 것보다 내가 좋아하는 남자가 날 위해 장을 보고 정성을 다해 조물조물 만든 유부초밥을 먹는 게 540배는 더 좋다. 단, 에스카르고 안에 다이아몬드가 있음 말이 달라지지만~^^

이 기특한 소년에게 어찌 감동하지 않을 소냐?! 현경은 손발이 동상에 걸려 피가 난대도, 저체온증으로 사경을 헤맨다 해도 후회 없었다. 사랑의 유부초밥과 베이컨 김치말이가 있으니까~ 현경은 공원에 와서 처음으로 활기차게 호들갑을 떨었다.

"너무너무 맛있당~!! 진짜 니가 다 한 거야? 와~ 정말 맛있다~ 최고야! 최고!! 완죤 최고!!!"

팁! 칭찬할 땐 아낌없이 해준다. 입에 침이 마르도록. 특히 그 상대가 잘생긴 남자일 땐!

"히히~ 또 먹고 싶은 거 있음 말만 해! 내가 다 만들어 줄게~ 누나가 내 생일에 해준 거에 비하면 암 것도 아니지만~ ^^"

뭐에 홀린 듯 갑자기 마련한 생일파티였지만, 비록 출혈이 심했지만, 현경은 지금 생각해도 잘한 일이라는 생각이 들었다. 수빈이는 '젓가락질도 못하는 꼬마 숙녀'라면서 도시락에 손도 못 대게하고, 유부초밥이며 과일들을 현경의 입으로 다 넣어주었다.

현경은 입만 벌리고 있다가, 수빈이가 '아~' 하면 현경도 '아~' 하면서 제비 새끼처럼 받아먹기만 했다. 수빈은 물도 먹여주고 현경의 입도 닦아주었다. 현경의 입은 귀를 넘어 뒤통수에 겨우 매달려 있다. 그녀는 추워 코가 뻘게지고 손은 알코올중독자처럼 떨고 있지만 달콤하고 행복했다.

현경이 침을 질질 흘리며 정신줄을 놓고 있는데 수빈이 자리를 정리했다. 현경은 이제 가는구나 하며 맘을 놓았다. 그때 수빈이 웃으며 말했다.

"우리 꼬마 숙녀님, 저거 타러 가요~ 이 아저씨가 태워줄게요~!"

수빈이는 노란 2인용 커플자전거를 손으로 가리키고 있다. 오, 마이 갓! 현경은 자리에서 일어나려다 다시 주저앉고 말았다. 무릎에서 우두둑 소리가 난다. 현경은 다리에 힘이 풀렸다. 커플자전거를 꼭 태워주고 싶어 하는 천진난만한 표정과 신이 난 저 눈빛! 차마 외면할 수 없었다. 거절할 수 없었다. 누구보다 냉정하고 거절이라면 밥 먹듯 하는 그녀가 마법에 걸려 자꾸 딴사람이 되어간다. 철저한 개인주의자 장현경, No를 외치며 희열을 느끼던 장현경, 하지만 그녀는 오직 한 사람, 수빈 앞에선 yes만 외치는 '동네 바보 형'이 되어가고 있다.

현경은 어느새 자전거 안장에 실려 있었다. 수빈은 현경에게 치마를 입었으니 앉아만 있으라고 한다. 그가 페달을 힘차게 밟는다. 신이 났나 보다. 알아듣기 힘든 팝송을 부르며 안장에서 작고 귀여운 엉덩이를 뗐다 붙이기를 반복하며 페달을 신나게 밟는다.

현경은 수빈의 엉덩이를 만지고 싶은 욕구를 겨우 참아냈다. 순간 바람이 미친 듯이 현경의 얼굴을 때렸다. 호수를 반 바퀴 도는 동안 현경의 얼굴은 진짜 동네 바보 형의 얼굴로 변해갔다. 눈물과 콧물로 범벅되어 눈도 못 뜨고 가관이었다. 심지어 콧물도 바람에 날렸다.

어떻게 손쓸 방법이 없었다. 손으로 닦기엔 양이 너무 많고 휴지도 없었다. 현경은 만감이 교차했다. 그 순간 수빈이가 엉덩이를 들어 페달 위에 올라서더니 갑자기 뒤를 휙 돌아보려는 게 아닌가?

"우리 꼬마 숙녀님 잼있쩌여~? 잼있쩌?!"

현경은 빛의 속도로 고개를 휙 재치며 소리쳤다.

"앞에 봐~!! 사고 난단 말야~ 아~ 무서워. 멀라~ 멀라~!!"

혹시 자신의 몰골이 들킬까 앙칼지게 소리쳤다. 현경이 소릴 지르며 말도 안 되는 애교를 떠니 수빈은 더 신이 난 모양이다. 그는 젖 먹던 힘까지 다해 페달을 미친 듯 밟아댔다.

현경은 미치고 환장할 노릇이다. 눈물에 선크림이 흘러내렸는지 눈은 따가워 미치겠고 콧물은 이미 양쪽으로 물길을 만들어 굳어갔다. 점점 한 바퀴가 되는 시점이 다가왔다. 현경의 계산으로라면 수빈이 한 바퀴 시점에서 쉴 텐데 그럼 현경의 몰골이 들킬 것이고 그럼 밥맛 떨어지는 그녀의 얼굴을 보고 수빈은 조용히 집에 갈 것이다. 계산이 딱 떨어진다. 이런 시련이 오리라는 것을 20분 전, 참새처럼 입을 벌리고 그가 주는 행복의 먹이를 먹을 때까지만 해도 상상조차 못했다. 이대로 죽을 순 없다. 현경의 머리가 데굴데굴 굴러간다. 순간 그의 엉덩이 주머니에서 도라에몽 2007년 극장판 〈진구의 마계 대모험 7인의 마법사〉 편 한정판 손수건이 삐죽 고개를 내밀고 있는 것이 보였다.

심~ 봤~ 다~!!! 오른쪽 엉덩이 포켓에 살짝 나와 있었다. 위에 입은 니트가 길어 그가 안장에서 엉덩이를 뗄 때 몰래 빼야 한다. 한 바퀴 시점이 다 와 간다. 현경은 마음이 조급해졌다. 수빈이 속도를 줄이고 자전거를 세우려는 듯하다. 현경은 혹시 수빈이 뒤를 돌 수도 있으니, 고개를 90도 꺾고 외쳤다.

"오빠 달려~!! 유후~한 번 더! 한 번 더!! 우우~~ "

현경은 자전거 뒷바퀴 맨 끝자락만 보면서 신나는 척 소리를 질러댔다. 그는 주춤 서려다가 현경의 소리에 놀라 다시 힘차게 페달을 밟았다.

"큭큭 꼬마 숙녀님, 신났넹~ 쪼아!! 우주까지 고고씽~!!!"

그러나 수빈은 금세 기력이 달렸는지 속도가 점점 느려졌다. 그때 힘을 싣기 위해 수빈이가 안장에서 엉덩이를 뗐다.

'롸잇 나우!!'

현경은 순간 영화 속 미녀 소매치기라도 된 양, 강한 집중력으로 눈을 희번덕거리며 도라에몽 2007년 극장판 〈진구의 마계 대모험 7인의 마법사〉 편 한정판 손수건을 손에 넣었다. 현경은 자신의 타고난 손기술에 스스로 놀랐다. 현경은 수빈이 페달을 천천히 밟는 틈을 타 자전거 사이드미러를 보며 눈물도 닦고 코도 소리 없이 조심스레 풀고 볼 양쪽으로 길게 난 굳은 콧물 줄기도 침을 발라가며 정리했다. 현경은 겨우 인간의 모습으로 돌아왔다.

“수빈아~ 그만 타자! 나 힘들어~”

“그래?! 그럼 그럴까?”

수빈은 기다렸다는 듯 자전거에서 냉큼 내렸다. 수빈의 이마에선 땀이 비 오듯 흐르고 있었다. 그가 땀을 닦으려 자기의 엉덩이를 더듬거렸다.

“어? 이상하다. 손수건 여기 뒀는데... 어디 갔지?!”

그는 계속 두리번거리며 찾아댔다.

“가방에 휴지 없어? 우선 그걸로 먼저 닦아~ 나중에 나오겠지.”

“그거 잃어버림 안 되는데... 한정판인데...”

잠시 후, 체념한 수빈이는 가방에서 무알콜·무색소·무향료라고 크게 적힌 아기 물티슈를 꺼내 얼굴을 닦았다. 수빈이가 아끼는 도라에몽 손수건은 현경의 후드 주머니 속에 갇혀 콧물에 절어 고문을 당하고 있었다. 현경은 도도하게 차에 탔다. 잠시 히터를 틀고 예열하는 동안 그와 눈이 마주쳤다.

“수빈아, 도시락 너무 맛있었어~ 나는 너 기다리게만 하고 아무것도 한 게 없네~ 미안해...”

“으으응~ 아니야 그렇지 않아요~^^”

수빈이 고개를 살랑살랑 저었다.

“난 오늘 오히려 꼬마 숙녀님 때문에 너무너무 잼있었는걸~ 그러니까 그런 말 하지 마~ 아라찌?! ㅋㅋ”

꼬마 숙녀 현경은 다른 사람이 이런 말을 했다면 바로 토하고 김치를
퍼먹었겠지만, 초절정 완소 꽃남 수빈이가 얘기하니 그렇게 달콤할
수가 없었다. 현경은 미친 게 틀림없다.

　현경과 수빈은 양평 쪽으로 드라이브를 했다. 날이 어둑어둑해졌고
차 안도 어두워져 현경은 더 이상 발뒤꿈치를 들지 않아도 돼 맘이 편
했다. 시간이 좀 지나니 현경은 아침에 수빈을 만났을 때보다 훨씬 편
하게 느껴졌다. 차에선 제이슨 므라즈의 노래가 조용히 흘러나왔다.
그들은 강이 바로 앞에 보이는 분위기 좋은 카페에 가서 저녁도 먹고
차도 한 잔 마셨다.

　차를 마시는 동안 현경과 수빈은 내내 행복한 표정으로 사소한 수다
를 떨며 때론 궁금했던 것들을 서로에게 질문해가며 달콤한 시간을
보냈다. 언제 시간이 이렇게 흘렀는지 벌써 밤 11시가 되어 있었다. 현
경은 수빈과 밤새 놀 생각에 신이 나 있는데 수빈이 이제 그만 일어나
자고 했다.

　여자 자존심에 현경은 먼저 일어나 차를 탔다. 차를 타고 가는 내내
아무 말도 없었다. 갑자기 반전된 분위기, 현경의 머리는 또 데굴데굴
굴러간다. 현경의 집 앞에 도착하자마자 수빈이 그냥 내리겠다고 조심
히 들어가라고 했다. 현경은 냉랭한 목소리로 간단한 작별 인사를 하
고 그러라고 했다. 쿨~한 척, 시크한 척하며 최대한 자연스럽게 행동

하려 했지만 촌년이 어디 가겠는가! 이미 입은 차 밖으로 나와 있었다. 현경이 차 문을 열고 나가려 하자 수빈이 현경을 잡았다. 뭔가 할 말이 있는 듯 머뭇거리고 있었다. 그는 잠시 침묵하더니 가방에서 뭘 주섬주섬 꺼내 그녀에게 건넸다. 그리곤 갑자기 차 문을 열고 뛰쳐나갔다. 그가 4차원이라는 건 이미 짐작했지만 현경은 당황했다. 현경은 수빈이 주고 간 조그만 상자를 열어봤다. CD 한 장이 들어 있었다. 일단 CD를 카오디오에 넣었다.

앞에 쓰인 노래 제목은 〈To my princess〉였다. 뜻밖에 내레이션이 흘러나왔다. 현경은 스피커로 흘러나오는 그의 목소리를 들으니 웃음이 나왔다.

"아! 아! 셋! 셋! 콜록콜록, 마이크 테스트~ 아! 아! 아부지! 아부지! 누나~ 현경이 누낭~ 내 말 잘 들려?! 아~~ 이런 거 진짜 처음 해보는데 되게 어색하다~ 맞지?! 누나도 첨이지??푸하하하~ 아~~ 누날 이렇게 며칠 안 보니까 진짜 보고 싶다. 나... 내 생일 이후에 고민 많이 했어. 난 진짜 가진 게 아무것도 없는데... 누나를 만나고 싶긴 한데... 근데 며칠 지나니까 자존심이고 뭐고 누나가 너무 보고 싶은 거야. 누나를 만나고 싶은 마음이 너무 커서, 이런저런 내 상황과 변명이 눈에 들어오지 않았어. 내가 사실 지금 누굴 만날 입장이 아닌데... 누나... 나... 누나 많이 좋아해. 그래서 내 이 마음을 담아 노래를 만들어봤어.

들어볼래? 내 진심을... 한번 들어 봐~"

　내레이션 끝 부분쯤에 물려 전주 멜로디가 나왔다. 생일 이후 수빈이 연락이 뜸했던 이유는 생각이 많아져서 그런 거였다. 혼자 고민하고 고민하다가, 자기의 절실한 맘을 현경에게 노래로 들려주고 싶었다. 현경이 생각하는 밀당이 아니라 진심을 말이다. 머리 쓰는 게 사랑이 아니라 심장으로, 가슴으로 하는 게 사랑인데, 현경은 가장 기본적인 것도 모르는 자신이 한심했다. 노래가 흘러나왔다. 감미로운 발라드다.

♫

처음 널 보았을 때 느껴진 거리
너만이 내 가슴에 가득 차 사라져버리고
두 눈을 다 감아도 너만 보이고
눈 뜨면 네가 있는 이 세상은 내겐 천국인걸.
어떤 말로도 내 맘을 표현할 수 없기에
널 위해 노래하기로 했어. 내 마음 보낼게.
부족한 나지만 받아주겠니
내 남은 모든 사랑 주어도 좋아
네가 어디 있든지 지켜줄 거야
나에게 어리다고 말하는 이에게

사랑 지킬 자신 있는 사람이라고 말을 할 거야

항상 진심을 약속할게 네 곁에만 있을게

멀게만 느껴졌던 거리 사랑으로 채울 테니

부족한 나지만 받아주겠니

내 남은 모든 사랑 주어도 좋아

네가 어디 있든지 지켜줄 거야

웃음만 기쁨만 행복만 줄게

나의 공주~ 내가 지켜줄 거야

♬♪

　현경의 눈에선 소리 없이 눈물이 흘렀다. 현경은 한참 동안 감정을 추스를 수가 없었다. 차에 있는 휴지 한 통을 다 쓰고서야 현경은 이성을 찾았다. 현경은 바로 수빈에게 전화해야겠다고 마음먹었다. 수빈이가 얼마나 가슴 졸이며 현경의 전활 기다리고 있을까?! 원래의 현경이라면 프러포즈를 받더라도 3일 뒤쯤에 전화했을 테지만, 수빈한테만큼은 계산하면서 행동하고 싶지 않았다. 이미 현경의 계산기는 고장이 났다. 코를 심하게 한 번 풀고 물 한 모금을 먹고 목소리 가다듬어 전화를 했다. 신호음이 울리자마자 수빈은 바로 전화를 받았다. 여보세요도 하기 전에 수빈은 말을 쏟아냈다.

　"응, 잘 들어봤어? 너무 급하게 만들어서 멜로디가 좀 허접행~

그래도 그거 만들고 녹음하느라 3일 밤을 새웠어요. 작사 작곡도 내가 다 하고 아는 형이 코러스만 넣어줬엉, 히히~"

"수빈아~ 음... 있잖아..."

수빈이 치고 들어온다.

"누나, 난 괜찮아~ 정말 정말 괜찮아~!! 나는 사실 사무실에서 누나 첨 봤을 때부터 느낌이 좀 이상하더라고. 그때부터 누나 생각 많이 했엉~ 첨엔 그 이상한 느낌이 뭔지 몰랐는데, 시간이 지나니까 금방 알겠더라구~ 그래도 괜찮아, 누닝! 우리 좋은 누나 동생으로 지내~ 히히히."

"수빈아. 그게 아니..."

또 치고 들어온다.

"하! 하하~ 날씨가 쌀쌀하넹~^^ 냉동 돈가스 되겠당~ 잘자! 담에 또 봐~!"

'뚝! 띠띠띠~'

'그게 아니라 나도 처음 본 순간부터 너 좋아했어...'

현경은 끊어진 전화기를 들고 다시 한 번 멍~해졌다.

정신을 차리고 문자를 보냈다.

[ㅋ말 좀 하자~^^ 나 지켜줄 거지?! 앞으로 잘 부탁해~^^]

조금 있다가 답장이 왔다.

[나와!!]

잉? 뭔 소리지? 현경은 머뭇거리다 차 문을 열고 나왔다. 잠시 후 멀리서 들짐승이 뛰어오는 듯한 사운드가 나더니 수빈이 어느새 현경 앞에 서 있었다. 가쁜 숨을 몰아쉬며 두 손으로 무릎을 짚은 채 헉헉거리며 숨을 고른다. 그리고 호흡이 정리되자 고개를 들어 환하게 웃는다.

"수빈... 아..."

수빈이 현경을 와락 껴안았다. 빠르게 뛰는 그의 심장이 그녀의 심장에 느껴진다. 현경은 아직까진 자신의 두 팔로 그를 안을 용기가 나지 않아 거의 차렷 자세로 안겨 있었다. 수빈의 한 품에 현경이 쏙 들어가 있다. 한참을 그렇게 안고 있었다. 그의 숨소리가 정상으로 돌아왔다. 그런데도 그의 심장은 현경과 똑같이 빠르게 뛰고 있었다.

"이제, 누나라고 안 부른다!!"

"뭐라구?! 치! 그럼 뭐라고 부를 건데? 꼬마 숙녀는 진짜 아니다~ "

"CD에 적힌 노래 제목 못 봤어? 이제부터 공주라고 부를 거야~ 누난 내 공주니까 그러니까 그렇게 알아!"

"오우~야~~~"

현경이 좋아 죽는다. 그가 그녀를 품에서 놓아주고 그들은 차에서 서로의 감정을 확인했다. 몇 시간이 금방 지나갔다. 현경의 현관문 앞. 현경의 맘 같아서는 데리고 들어가고 싶었지만 수빈을 가만 두지 못할 것 같아 참았다.

"언능 들가염 우리 공주~ 코~ 잘자염!"

수빈은 양손으로 현경의 앞머리를 5대 5로 갈라 잡고 꾹 눌러 젖힌 다음, 잠시 웃으며 보더니 이마에 뽀뽀했다. 입술이 그렇게 부드러울 수가 없었다. 현경은 자신의 이마가 녹을 뻔한 걸 겨우 견뎌냈다. 현경은 부끄러운 척 손을 흔들고 현관문을 닫았다. 그리고 문에 기대어 한참을 서 있었다. 정신이 없다. 이 기분은 뭘까?? 현경은 꿈을 꾸고 있는 것 같았다. 한 번도 경험해 보지 못했던 행복한 꿈. 현경은 다리에 힘이 풀려 현관문에 기대 스르르 바닥에 앉았다. 함빡 미소를 지으며... 거실에 있던 세희가 한마디 한다.

"술 처먹었으면 곱게 처 자라이~"

Episode 4.

통하였느냐~?!
〈스캔들〉 중에서

현경은 그날 이후로 하루하루, 매 순간순간이 즐겁고 행복했다. 그들은 하루도 빠짐없이 매일 만났다. 현경의 눈빛 속, 머릿속, 가슴 가득, 온통 수빈 생각뿐이다.

수빈 역시 마찬가지였다. 그들의 세상은 달콤했다. 꿀통에 빠져 허우적대는 것 같았다. 서로가 생각나지 않는 하루, 아니 한순간이 없다. 무서울 정도로 현경과 수빈은 서로에게 빠져들었다. 현경이 야근을 하는 날이면 수빈은 얼굴이라도 보겠다며 사무실 앞에 찾아와 현경을 기다렸다. 그리고 수빈은 현경의 집까지 갔다가 그녀가 들어가는 걸 보고서 그제야 자신의 집으로 돌아갔다. 현경의 집으로 가는 차 안에서도 내내 현경의 얼굴만 바라보고 있었다. 기어를 잡고 있는 현경의 한 손을 자신의 두 손으로 꼭 잡고~ 둘은 행복했다.

세희가 어느 날 수상한 낌새를 채고 현경을 추궁했다.

"냄새가 난다이~"

"… 뭐… 뭐가?"

"우리 A형 클럽의 룰을 모리나??"

현경은 사설 클럽 'A형 클럽'의 멤버이다. 고등학교 때 친한 친구들로 구성된 'A형 클럽'은 올해로 10주년을 맞아 더욱더 단단해졌다. 왜냐하면 아무도 시집을 못 갔기 때문이다. 혈액형은 다들 A형이었지만 성격들은 전혀 달랐다. 그녀들의 룰은 남친이 생기면 신고식을 하는 거다. 말이 좋아 신고식이지 남의 남자 벗겨 먹고 도마 위에 올려놓고 요리를 하는 의식이다. 이제껏 현경도 그렇게 했으니 당할 때가 되긴 했다. 다들 시간을 맞춰 돌아오는 화요일에 저녁을 먹기로 했다.

현경은 친구들의 반응이 두렵긴 했다. 연하인 것도 그렇고, 사실 아직 번듯한 직업이 없다는 것도 그랬다. 사회에 물든 직설적이고 거친 춘년들의 공격 속에서 순수한 어린양이 잘 견딜지도 걱정이었다. 그래도 현경의 불X친구들은 언제나 그녀의 편이었으므로 이번에도 크게 걱정하진 않았다. 바꿔놓고 생각해 봐도 세희가 수빈이 같은 남잘 만난다고 하면, 처음엔 조금 걱정되겠지만 그래도 결국 현경은 그들의 사랑을 응원해줄 것이다.

드디어 화요일이 되었다. 현경은 미리 패밀리 레스토랑의 룸을 예약했다. 시간이 다가올수록 떨렸다. 이제껏 그녀는 연하를 만난 적이 없기도 했고 친구 중에서도 딱 한 명이 끽해야 2살 연하를 만난 게 다였다.

수빈이 퇴근 시간에 맞춰 현경을 모시러 왔다. 약속장소에 오늘의 주인공들이 제일 먼저 도착했다. 레스토랑에 가자마자 수빈은 자신의 무릎에 현경을 앉혔다. 의자가 나무의자라서 엉덩이가 아플 거라며. 사실 나무보다 수빈의 앙상한 허벅지가 더 뾰족했다. 현경은 살짝 민망해 거부했지만 어차피 한번 사는 인생, 수빈이 만날 때만큼은 남들 눈치 보지 말고 수빈처럼 감정에 솔직해져야겠다는 생각을 했다.

현경은 수빈이랑 같이 있으면 그렇게 될 수밖에 없다. 보수적인 현경과 달리 수빈은 국적이 미국이라 그런지 애정표현도 사람들이 있건 없건 과감하다. 그는 사람 많은 커피숍에서도 갑자기 예뻐 죽겠단 표정으로 현경의 입술에 뽀뽀를 해버린다든지 대낮에 길거리에서 현경을 업는다든지, 그는 자기가 하고 싶은 걸 한다.

이렇게 그에게 맞춰 지내다 보니 현경 역시도 모르는 사람들을 의식하며 눈치 보는 것보다 사랑하는 사람과 하고 싶은 대로 하며 사는 게 훨씬 행복하단 걸 느꼈다. 다른 사람들은 어차피 '나와 그'가 아니기에 중요하지 않다. 그렇게 수빈이 무릎에 앉아 메뉴판을 보며 뭘 먹을까 고민하고 있는데 친구들이 문을 벌컥 열고 들어왔다.

현경은 수빈의 무릎에 앉은 채 친구들과 눈이 마주쳤다. 순간 친구들은 문 앞에서 얼어붙어 있었다. 그녀들은 동시에 욕지거리를 하려고 입을 달싹거리다 겨우 참고 자리에 앉았다. 민망한 현경이 수빈의 무릎에서 내려와 자리에 앉으려는데 수빈이 '잠깐!'을 외쳤다. 다른 시선이 집중됐다. 수빈이가 외투를 벗어 정사각형으로 접은 뒤 방석을 만들어줬다. 그 광경을 본 친구들의 표정이 가관이다. 현경은 급하게 소개를 했다.

"내 남자친구 수빈이. 이쪽은 세희 경숙이 보람이."

수빈과 인사하는 친구들은 하나같이 입을 다물지 못했다. 일반인들이 구경하기 힘든 특급 비주얼에 고등학생이라 그래도 믿을 만한 절대 동안, 거기다 폭풍 매너까지. 그녀들의 눈빛은 불같은 질투에 사로잡혀있었다. 어색한 분위기에서 세희가 한마디 던졌다.

"갑자기 울 주성이가 흡!"

다들 킥킥거리고 난리가 났다. 주성이는 세희의 늦둥이 막냇동생으로 세희랑 13살 정도 차이 난다. 세희가 대학교 다닐 때, 주성이는 초등학교에도 들어가기 전이라 아들이라고 놀리던 기억이 난다. 수빈이가 순수한 눈망울로 묻는다.

"공주야, 주성이가 누구야? 공주도 아는 사람이야??"

공주라는 애칭으로 분위기가 어떻게 되었을지는 말 안 해도 짐작할 수 있을 것이다. 보람이는 아예 고개를 돌렸다. 현경은 수빈의 질문에 그저 어색한 웃음으로 답하고 얼른 음식을 주문했다. 음식이 나오기 전까지 어색한 분위기가 그대로 이어졌다. 현경은 수빈이 가끔 당황스럽기도 하지만 그게 바로 수빈이의 매력이다. 현경은 신선하고 재미있었다. 그가 또 무슨 행동을 할지 몰라서 걱정되긴 하지만, 한편으론 그녀는 기대하고 즐긴다. 그녀도 변태임이 틀림없다.

음식이 나오자 수빈이 테이블 냅킨을 펴서 현경의 무릎에 깔아주었다. 친구들이 일제히 현경을 노려봤다. 샐러드가 먼저 나왔다. 수빈은 제일 먼저 샐러드를 적당량 덜어 현경의 접시 위에 올려주었다. 그리고 친구들이 다 덜기를 기다리고 나서 마지막으로 자기 몫을 덜어 먹었다. 다른 음식들도 마찬가지였다. 스테이크도 다 썰어주고 립도 뼈를 발라 살만 현경의 접시 위에 놓아주었다. 현경은 그가 하는 대로 그냥 뒀다. 밥을 먹다 순간 깜빡하고 현경도 모르게 "나 감자~"라고 말했다. 말하고 나서 그녀의 등에선 식은땀이 주~욱 흘렀다. 그래도 현경은 꿋꿋이 모른 척하며 음식을 먹었다. 수빈은 중간 중간 현경 입에 묻은 소스 같은 걸 닦아주기도 하고 가끔 먹여주기도 했다. 점점 둘이 있을 때처럼 현경도 자연스럽게 닭살을 떨고 있었다. 구운 야채를 입에 넣어주려고 하면 새침데기처럼 고개를 절레절레 흔들고 입술을 꼭 닫았다.

그러면 수빈이가 "이런 거 많이 먹어야 어른이지~!" 하면서 억지로 먹이기도 했다. 친구들은 이런 더러운 꼴을 보이려고 불렀냐는 듯한 썩은 표정으로 음식물 섭취도 잘하지 못했다. 세희가 테이블을 엎고 자리를 뜨려는 걸 경숙이가 허벅지를 꼬집어 겨우 잡았다. 친구들은 현경이 X남친들에게 대했던 것과 180도 다른 태도에 경악을 금치 못했다.

예전에 현경이 남친과 사귈 땐 같이 있는 내내 남친이랑 별로 얘기도 안 하고 표정도 그저 그래서 친구들은 항상 싸운 줄 알고 분위기를 띄우려고 애썼다. 애교라곤 눈 씻고 찾아봐도 없었던 현경이 이렇게 눈앞에서 전혀 다른 사람처럼 닭살을 떨고 있으니 적응 안 되는 게 당연했다. 이렇게 둘만(?)의 즐거운 식사가 끝나갈 때쯤 참다못한 친구들이 떨떠름한 표정으로 입을 열었다.

"수빈 씨 현경이 어디가 좋아요?"

"예쁘잖아요. 예뻐서 좋아요~"

현경이 온몸으로 똬리를 튼다.

"어우야~~하~지마~~~"

친구들이 일제히 헛구역질을 해댔다. 본격적인 질문이 시작됐다. 어떻게 만났느냐? 지금 뭐 하시는 분이냐? 나이는 몇 살이냐? 등등. 식상하지만 제일 궁금한 이런 질문들에 수빈은 시원시원하게 대답했다. 현경은 아는 누나의 직장 상사고 지금 자기는 백수고 나이는 21살이라고. 나이를 들은 친구들의 입이 떡 벌어졌다. 그리고 바로 수빈이 화장실을 간다고 일어났다. 현경은 불길한 기운이 엄습했다. 수빈이 문을 닫음과 동시에 친구들이 득달같이 달려들어 현경을 구타하기 시작했다.

"에라이~! 미친년아! 쳐 돌았네!! 저년을 신고해라! 원조교제로 콩밥을 처먹어야 정신을 차리지~ 에라이 천벌 받을 년. 하늘이 무섭지 않느냐 이년아~! $#$5@*@)@"

음식이 날아 오고 머리채를 잡히고 현경은 방어한 번 못해보고 몇 분 만에 누더기가 됐다. 수빈이 걸어오는 소리가 들리자 친구들은 후다닥 난장판이 된 테이블을 정리하고 멘붕이 된 현경의 머리와 옷매무새를 가다듬어 줬다. 수빈이 문을 열고 들어왔다. 현경은 허공을 바라보고 있고 친구들은 딴짓을 하고 있었다. 분위기가 좀 어색함을 느꼈는지 수빈인 농담도 던지고 재미있는 이야기도 하며 자리를 주도했다.

단순한 친구들은 금세 수빈의 마력에 빠져 깔깔거리며 웃기도 하고 박수를 쳐가며 수빈이 얘기에 맞장구도 쳤다. 분위기를 이끄는 수빈의 어른스러움에 현경은 수빈이가 더욱 사랑스러웠다. 점점 분위기가 무르익었다. 그런데 이제 현경은 뒷전이고 자기네들끼리 얘기하느라 정신없었다. 좀 친해졌는지 친구들이 말을 놓더니 수빈이의 잘생긴 외모를 쉴 새 없이 정색하며 칭찬하기 시작했다. 수빈도 마냥 좋아한다. 경숙이가 입을 열었다.

"빈이는 고친 데 하나도 없어??"

"네~ 어디 한 거 같아용? 어디? 어디?! 공주야, 나 돈 벌었다~! 히히."

"원래 자기 코야~?! 와~ 키는 몇이에요?"

"186센티미터 정도요."

"와~"

감탄사가 동원 방청객처럼 일제히 쏟아졌다. 친구들의 리액션에 갑자기 빵 터져 서로 쳐다보며 배를 잡고 웃었다. 그렇게 즐거운 저녁 식사를 끝내고 친구들과 헤어졌다.

친구들을 보내고 수빈과 현경은 좀 더 데이트를 즐기고 싶어 한강변을 걸었다. 수빈이 현경의 어깨에 손을 올리고 현경은 자신의 얼굴을 수빈의 가슴에 파묻고 걸었다. 따뜻했다. 현경은 둘이 있을 때도 물론 좋지만, 수빈이 자신의 친구들을 만나서인지 기분이 새롭고 새삼스레 수빈이가 더 좋아졌다. 현경은 생각했다. 사랑하는 연인의 사랑을 각자 저울로 재면 그 수치가 분명히 똑같진 않을 것이다. 누가 좀 더 사랑할 수도 있고 누가 조금 덜 사랑 할 수도 있겠지만 현경은 확신했다. 자신이 느끼는 만큼 그도 느끼고 자신이 상처받는 만큼 그도 상처받는다는 걸. 사랑은 상대적이다. 절대적인 사랑은 절대 있을 수 없다. 만약, 그런 사랑이 있다면 그건 사랑이 아닌 다른 이름으로 불려야 할 것이다.

한 차례 이별의 아픔을 겪고 난 뒤에야 사랑을 대하는 자세가 더욱 성숙해진다고 한다. 하지만 현경은 그와 사랑하는 지금, 그에게서 성숙한 사랑을 배운다. 사랑에 있어 나이나 학벌 따윈 중요하지 않다. 사랑은 사랑에 좀 더 성숙한 사람에게서 그렇지 않은 사람이 배우는 것이다. 현경은 수빈을 통해 지난날의 사랑을 반성하며 사랑에 대해 쉽게 오해하지도, 쉽게 포기하기도 않는 법을 배워 간다. 현경은 솔직한 수빈을 통해 사랑을 배워간다.

이제 완연한 겨울이 왔나 보다. 사람들의 옷차림도 무거워졌고 겨울을 날 준비를 하는지 여자들의 몸도 무거워졌다. 연인들의 데이트 코스는 일단 맛있는 걸 먹고 그다음 영화를 보든지 산책을 하든지 뻔하다. 현경과 수빈도 마찬가지이다. 수빈의 몸이 스키니해 현경은 자꾸 뭘 먹이고 싶다. 더구나 수빈의 지갑 사정을 잘 아는 현경은 수빈을 만나면 맛있고 영양가 있는 걸 먹이려고 혈안이 된다. 어머니의 마음으로~

근데 문제는 수빈을 먹이려다 보니 현경도 먹게 되고 수빈이 더 많은 양을 먹지만 수빈은 점점 말라가고 조금 먹는 현경은 점점 불어갔다는 거였다. 그러다 보니 날씬이에서 일반 몸이 되어 버린 현경은 수빈을 만나면 자신과 수빈을 비교하며 실의에 빠졌다.

현경은 그의 외모가 출중하여 스트레스를 받는 건 사실이다. 그리고 지나가는 수빈이 또래 여자애들을 보면 그렇게 풋풋하고 파릇파릇할 수가 없다. 그런 상큼이들과 경쟁하려니 현경은 죽을 맛이었다. 같이 음식점을 가거나 쇼핑을 하러 가면 가끔 직원들이 묻는다.

"친동생인가 봐요? 너무 잘생기셨다! 누난 좋겠어요. 동생이 이렇게 잘생겨서~"

현경은 그럴 때마다 쥐구멍이라도 숨고 싶다. 수빈은 또 가만히 있으면 되는데 거기서 발끈한다.

"제 여자친구예요!! 누나 아녜요!! 가자, 공주야~ 우리 딴 데 가서 사자~!"

이렇게 식은땀 나는 상황이 발생하고 나도 수빈은 아무 일 없다는 듯 즐겁게 현경의 손을 잡고 다닌다. 만나다 보니 비주얼에서의 애로사항만 있는 건 아니다. 금전적인 문제도 현경에겐 점점 심각해졌다. 현경은 수빈이를 만나기 전까지 남자들한테 커피 한 잔 사본 적이 없다. 자신이 고생해서 번 돈을 친구나 가족도 아니고 남인 남자한테 쓴다는 게 너무 아까웠다. 어차피 이 사람이랑 결혼할 것도 아니고 만나주는 것만으로도 감사해야하는 거라는 오만한 생각으로 아무리 맛있고 비싼 밥을 얻어먹어도 커피 한잔 사지 않았다.

그녀가 센스가 없어서가 아니라 알면서 안 하는 것이다. 그런데 그런 현경이 수빈을 만나고 나선 지갑이 자꾸 열린다. 가난한 아티스트에게 무슨 돈이 있을까 하는 생각에 밥이면 밥, 커피면 커피, 현경의 카드에서 모든 게 해결된다. 이번 달 카드 값은 상상초월이다. 받은 월급이 고스란히 카드값으로 다 나갈 판이었다. 출혈이 심했다. 그런데

어쩌겠는가? 금쪽같은 내 자식, 헐벗고 굶주리게 할 수 없지 않은가~
이제껏 엄마의 마음으로 버텼지만 현경은 점점 힘들어졌다.

이제 한파가 닥쳐온다. 둘 다 따뜻하게 지낼 방법을 찾아야 한다. 등
따시고 배부르게 보낼 방법을. 현경은 이런저런 고민으로 맥주 두 캔
을 사 들고 퇴근했다. 오늘은 수빈이가 곡 작업 때문에 작업실에서 늦
도록 작업을 해야 해서 만날 수 없었다. 그는 몇 번이고 전화며 문자로
자기가 없어도 조심히 들어가야 한다며 걱정스러움과 미안함을 표시
했다.

마음이 무거운 현경은 평소와 달리 그의 배려가 그다지 고맙지 않았
다. CD로 프러포즈한 그날 이후 얼굴을 안 본 날은 오늘이 처음이었
다. 평소 수빈이는 아무리 바빠도 잠깐이라도 꼭 봐야 한다며 사무실
앞에 와 진짜 얼굴만 잠깐 뚫어지게 본 뒤 현경의 앞머리를 5대 5로
가르고 이마에 뽀뽀라도 한 번 해주고 갔다.

터덜터덜 집에 들어가니 룸메이트 세희가 머드팩을 무섭게 하고 있
었다. 현경은 씻자마자 무릎이 심하게 튀어나온 트레이닝 바지에 보
푸라기가 오만 사천 개 일어난 맨투맨 티를 입고 TV 앞에 앉았다. 세
희도 무서운 머드팩을 벗고 귀신같이 허연 얼굴로 현경 옆에 앉았다.
세희 의상 역시 서울역 노숙자다. 촌스런 분홍색 상의에 가슴 부분에
는 눈이 하나 찌그러진 토끼 그림이 박혀 있고 그 밑에 'overjoy'라고
적혀있었다.

뭔 뜻이냐?! 격한 즐거움이냐? 집에선 둘 다 항상 거지도 안 입을 듯한 옷을 입는다. 세희는 'overjoy'를 입어야 집에 온 기분이 든다고 했고 현경도 집에선 옷을 거지처럼 입어야 비로소 자유를 얻는 듯하다고 했다. 안타까운 사실은 여자들 대부분이 남자친구가 없는 곳에선 거의 80% 이상이 이런다는 거다.

현경이 냉장고에서 맥주를 꺼냈다.

"장현경~ 아 키우기 힘들제~?"

세희가 맥주를 한 모금 마시며 툭 던졌다.

현경은 한참을 망설이다 입을 열었다.

"니... 토끼 눈까리 찌그러졌다이~"

2초 뒤, 둘은 빵 터졌다. 그리고 다시 침묵...

잠시 후 현경이 안 되겠는지 입을 열었다. 사실은 요즘 이런저런 고민이 있고 세상에 돈이 다가 아니지만 그래도 어쩌고저쩌고. 사랑은 위대하지만 카드값이 어쩌고저쩌고~.

세희가 한참 생각하더니 맥주 한 캔을 원샷을 하고 탁! 하고 내려놓았다. 현경은 그녀의 현명한 대답만을 기다리고 있었다. 세희는 내장 저 속 깊은 곳에서 우러나오는 대찬 트림을 우렁차게 하더니 입을 열었다.

"동거해라!!"

"니 미칫나!?"

"야! 니 애기 요리 잘한다미~ 장 봐서 집에서 해 묵고 집에서 영화
도 다운받아 보고 뽀뽀도 좀 하고. 밥 값, 기름 값, 영화 값, 모텔 값 다
아끼잖아!"

"야! 우리 아직 그런 사이 아이다~!!"

"찌랄하네~ 느거 꼬라지 보니까 벌써 해치웠겠구만~"

"우리는 플라토닉이야~ 플라토닉~"

"똥을 싸라 똥을 싸~"

현경은 화는 냈지만 찬찬히 생각해 보니 세희 말이 맞는 것 같기도
했다. 수빈이가 빌라에 혼자 사니까 꼭 동거가 아니더라도 장 봐서 수
빈이 집에서 밥해 먹고 컴퓨터로 영화 다운받아 보고 남의 눈치 안 보
고 뽀뽀도 좀 하고~ 그러다 밤이 많이 늦으면 슬쩍 조는 척하며 거기
서 잠도 좀 자고~ 머리가 돌아간다. 데굴데굴 데굴데굴~

사실 연인들의 데이트에선 뭘 하느냐는 그리 중요하지 않다. 함께
있다는 게 중요한 거지. 그것도 둘만 아무도 없는 공간에서 함께 있다
면... 아우~!!!

현경의 얼굴에 화색이 돈다. 수빈의 곡 작업이 마무리 단계에 접어
들었다. 현경도 새로운 프로젝트를 맡았다. 민얼굴에 뻘건 립스틱만
바르는 마담 출신 대표님이 갑자기 회사이미지가 싸구려라며 고급스
런 이미지를 위해 독립영화에 관심을 가지셨다.

수빈과 현경 모두 오랜만에 일에 빠져 정신없는 일주일을 보내고 주말에서야 만났다. 현경은 수빈이 집 앞으로 온다는 걸 굳이 뜯어말려 신사동 가로수 길에서 만나자고 했다.

오랜만에 보는 수빈과 현경. 서로를 만나러 가는 길 가슴이 두근거린다. 현경은 새벽부터 일어나 홈리스 패션을 던져버리고 2시간 동안 공들여 러블리 걸로 변신했다. 샤워한 시간은 빼고 옷 입고 화장하는 시간만 2시간이다. 샤워도 아주 꼼꼼히 했다. 혹시나 수빈의 집에서 잘 수도 있다는 경우의 수를 대비해.

잠시 생명력을 불어넣어 둔 겨드랑이와 종아리 털도 깨끗이 제모했다. 여자들은 특히 겨울에, 남자친구가 없거나 남자랑 별로 교류가 뜸할 때 모든 털들에게 무한한 자유를 준다. 그런데 남자친구가 생기면 그 즉시 그녀들의 잘 자란 무공해 유기농 털들은 가을에 추수하듯 가차 없이 잘려나간다. 그래서 여자의 종아리만 봐도 남자가 있는지 없는지를 알 수 있다. 그리고 털의 길이만 봐도 얼마 동안 남친이 없었는지 대충 감이 온다.

반면, 남자들은 자기 털에 관해 관심이 별로 없다. 여자 털에만 관심 있을 뿐. 털 얘긴 이제 그만~^^;

샤워를 말끔히 끝낸 현경은 속옷을 골랐다. 수빈을 위한 속옷. 평소 홈리스 패션 안에 입는 면 100% 늘어진 할머니 빤스는 집어던지고 데이트용 속옷 세트를 골랐다.

현경은 고민했다. 티 팬티를 입고 갈 것인가. 아니면 삼각을 입을 것인가? 티 팬티를 입고 하루 종일 낄 생각을 하니 똥꼬가 쓰라리는 것 같아 삼각을 입었다. 그리고 아쉬운 맘에 티 팬티는 가방에 챙겼다.

한편, 수빈도 아침 일찍 일어나 샤워를 꼼꼼히 하고 옷도 몇 벌 입어 보고 머리를 만지다 맘에 안 들어 다시 감고 또 만졌다.

둘은 설레는 맘으로 각자의 집에서 출발했다. 그들은 약속 장소가 가까워질수록 긴장됐다. 현경이 십 분 일찍 도착해 수빈을 기다렸다. 잠시 후 카페 입구로 수빈이 자체 발광하며 걸어 들어왔다. 순간 그 빛에 카페 안 여자들은 잠시 봉사가 됐다. 현경은 간택 받은 무수리마냥 뿌듯했다. 수빈은 현경을 보자마자 큰소리로 외쳤다.

"꽁주야~~~~"

순간 봉사가 된 여자들이 시력을 되찾고 일제히 현경을 째려봤다. 수빈은 자리에 앉자마자 현경의 손을 덥석 잡고 손에다 미친 듯 뽀뽀를 해댔다. 수빈이가 눈을 반짝이며 입을 열었다.

"공주야~ 너무너무 보고 싶었떠~ 공주는 나 안 보고 싶었떠염? 근데 왜 또 이렇게 예뻐졌어? 이럴 거야? 이렇게 예쁠꺼야!? (살짝 귓속말로) 여기 안에 있는 여자 중에 공주가 젤 예뻐~ 아니, 공주가 세상에서 젤 예뻐~^^"

귓속말인지 확성기를 대고 얘기하는지 온 카페에 수빈의 목소리가 울린다. 시력을 되찾은 여자들은 질투와 시기로 자리를 하나 둘 떴다.

현경을 보는 수빈의 눈에서 하트가 뿅뿅 나온다. 이제는 막장이다. 현경도 무리수를 던진다.

"진짜야?? 그럼 김태희가 예뻐? 내가 예뻐?"

주문을 받으러 오던 남자직원이 그 소리에 유턴을 했다. 혹시 주먹이라도 날아갈까 봐.

"김태희?? 아~ 김태희~ 공주야! 지금 장난해?! 김태희가 예쁘냐?! 우리 공주가 훨씬 이쁘지!! 그리고 그 여자는 완존 질리는 얼굴이야~ 공주처럼 매일 봐도 질리지 않고 보면 볼수록 매력 있고 사랑스런 여자가 좋지~^^"

"정말?! 그건 그래~ 호호호"

아까 그 직원의 주먹이 부르르 떨린다. 다른 테이블에선 조용히 쌍욕이 흘러나온다. 그러거나 말거나 현경과 수빈은 사랑 앞에 행복하다. 커피를 마시며 수빈이 물었다.

"공쥬~ 오늘 뭐 할까요? 뭐 하고 싶으세요?"

"나? 음... 사실 하고 싶은 게 있긴 한데... 그게..."

"뭔데요? 얘기해 봐요~ 공주가 원하는 거라면 난 뭐든지 할 수 있어염~"

"근데... 괜히 니가 오해할까 봐... 말해도 될지 모르겠어."

"오해는 무슨?! 그런 거 안 할 거니까~ 뭐든 얘기해 봐요~^^"

"... 요즘 엄마 안 본 지도 오래됐고 엄마도 보고 싶고 그래서...

엄마가 해주는 집 밥이 그리워~ 사먹는 밥도 지겹고. 엄마가 해주는 집 밥이 먹고 싶어~ 집 밥이...”

눈물까지 살짝 글썽하며 현경은 미끼를 던졌다.

“이그~ 그게 뭐?! 내가 해주면 되지!! 언능 인나!! 내가 맛있는 거 해줄게~ 장 봐서 우리 집으로 가염! 뭐 먹고 싶어요??”

수빈이 미끼를 덥석 물었다.

“된장찌개랑 빨간 소시지.”

“오케이! 구수한 된장찌개 군이랑 섹쉬한 빨간 소시지 양을 내가 요리해주겠다~!! 으하하! 고고씽~~”

현경은 좋아하지도 않는 된장찌개와 옛날 소시지를 외쳤다. 엄마의 손맛이 느껴지는 요리가 주목적이 아니므로 최대한 빨리 되는 간단한 걸로 주문한 것이다.

수빈은 현경에게 현경이 원하는 뭔가를 해준다는 사실에 신이 났다. 대형마트에서 카트를 끌고 알콩달콩 장을 보니 마치 신혼부부가 된 것 같아서 둘은 기분이 업 됐다. 현경이 카트 손잡이 부분을 잡고 바퀴 위에 올라타 매달리면 수빈이가 뒤에 바짝 붙어 카트를 밀어주었고, 수빈이가 카트 앞쪽에 매달리면 현경이 카트를 밀어주며 계속 서로 마주 봤다. 시식코너에 있는 음식도 서로 입에 넣어주고 목이 마르면 시식 음료도 같이 마시는 그들의 첫 번째 장보기는 신나는 놀이였다.

수빈의 집 앞, 현경은 남자 집에 처음 가보는 건 아니지만 흑심이 있어서인지 긴장됐다. 문을 여니 좋은 냄새가 났다. 현경은 자신의 집과 다른 냄새에 일단 놀랐고 깔끔하고 심플한 인테리어에 두 번 놀랐다. 고급스런 가구나 최신 전자제품만 봐도 잘 사는 엄마의 세팅이 느껴졌다. 들어오자마자 수빈은 현경을 소파에 앉히고 안방에 들어가 편한 옷으로 갈아입고 나왔다.

캘빈 클라인 밴드 긴 바지에 D&G 흰 면 티셔츠, 현경이 집에서 입는 자유로운 영혼의 옷과 비교됐다. 수빈이가 곱게 접힌 옷을 현경에게 건넸다.

"공주 불편하니까 일단 이걸로 갈아입어. 우리 집에 있을 땐 무조건 편하게 있어야 해염~"

"어? 괜찮은데…"

"한 시간을 있든 십 분을 있든 울 집에선 편하게 있어요. 언능 갈아입자~ 울 애기~!"

"어, 진짜 괜찮은데…"

현경은 웬 떡인가 싶다가도 그의 의도가 조금 의심스러웠다. 순수한 의도인지 목적이 있는지. 또 굴러간다. 현경은 못 이기는 척하며 수빈이가 준 옷으로 갈아입었다. 남자 옷을 입은 체구가 작은 현경은 아빠 옷 입은 꼬마 꼴이었다.

"헤헤. 공주가 내 옷 입으니까 완죤 귀엽다. 뽀뽀!"

현경의 계획대로 착착 맞아떨어졌다. 수빈은 현경을 다시 소파에 앉히고 TV를 틀어주었다.

"여기 꼼짝 말고 있어요~ 내가 금방 맘마해서 대령할게요."

"내가 도와줄까?"

"그런 말, 하지도 마요~ 공주 심심하면 말해. 요리하다가 잠깐 놀아
주러 올게~ 어? 어?! 눈에 이거 뭐야? 눈 감아 봐!!"

"왜? 왜? 뭐 묻었어?"

현경은 당황했다. 혹시 눈곱이라도 꼈을까 봐. 수빈인 뭘 떼어주는
척하다 두 손으로 현경의 양 볼을 감싸고 감은 그녀의 눈동자 위에 뽀
뽀를 했다. 부드러운 입술의 감촉이 현경의 얇은 눈꺼풀 위로 고스란
히 느껴졌다. 갑작스러운 수빈이의 행동에 현경은 얼굴이 순간 달아올
랐다. 눈을 가늘게 뜨고 수빈을 살짝 노려보니 수빈이가 입에 쪽~하고
다시 장난스레 뽀뽀한 뒤 귀엽게 웃으며 싱크대 쪽으로 뛰어갔다.

물론 현경은 수빈이가 뽀뽀할 거란 걸 알고 있었다. 하지만 딥키스
를 할 줄 알았지, 감은 눈 위에 할 줄은 몰랐다. 그래서 좀 당황했다.
살짝 흥분한 현경의 입꼬리가 스르르 올라간다. 여자들은 격한 노모
야동에 흥분하지 않는다. 이런 예상치 못한 섬세한 스킨십에 흥분을
느낀다. 현경이 도저히 흥분이 가시질 않아 열심히 요리하는 수빈이
뒤로 가 백허그를 했다. 그리곤 현경은 질척대지 않고 바로 자리로 돌
아갔다.

"아이고~ 이쁘다~ 우리 공주~!! 금방 할게요. 좀만 기다려~"

수빈은 스스로 소파로 돌아간 현경을 칭찬해주었다. 얼마 뒤 탁자 위에 구수하고 푸짐한 된장찌개 군과 얇은 계란 옷을 입혀 속이 비치는 섹시한 소시지를 대령했다. 엑스트라로 힘 좋게 생긴 총각김치와 순수하게 생겼지만 톡 쏘는 누드 락교, 그리고 응큼하게 치즈를 품은 덩치 큰 계란말이를 테이블에 올려놓았다. 깔끔하고 푸짐한 상차림, 말 그대로 집 밥을 보여 줬다.

"아! 맛있다~!! 대박~~!!"

현경은 먹는 내내, 엄지를 치켜들며 칭찬을 멈추질 않았다. 수빈인 정말 칭찬에 약한 미소년이다. 입이 귀에 걸려서 요리 잘하는 자신을 자랑스러워했다. 현경은 얼떨결에 엄마의 향수를 느꼈다. 밥을 맛있게 먹은 현경은 예의상 설거지를 하겠다고 했다. 수빈은 정색을 하며 수저 하나도 싱크대에 못 담그게 했다. 수빈은 혼자 밥상을 치우고 설거지를 하고 나서, 내린 커피를 가져왔다.

"우리 음악 들어요."

수빈은 집을 금세 시골밥상 식당에서 분위기 있는 카페로 만들었다.

"이렇게 단둘이 집에 있으니까 진짜 좋다!! 난 언능 이렇게 울 집에 초대하고 싶었는데, 공주가 부담스러워 할까 봐 얘기를 못 했떠염~"

"사실 남자 집에 와본 건 처음이라... 조금 어색해..."

현경의 개수작이 시작됐다.

"하지만... 수빈이 집이라 마음이 놓여..."

"그렇지? 수빈이 집이라 괜찮은 거지!? 히히~ 그런데 걱정 말아요. 수빈이가 공주 지켜준다고 했죠?! 맘 편히 놀다가 가염. 수빈이는 공주를 지키는 호위 무사니까~^^"

옛 영화 〈마님은 왜 머슴에게 흰 쌀밥을 주었는가?〉가 생각난다. 제목만 봐도 많은 것이 와 닿는 문구다. 마님은 원치 않은데 머슴이 자꾸 옆에서 지켜주고 보필하니까 마님이 결국 흰 쌀밥으로 머슴을 입막음하고 욕정을 불태웠다는 내용인 듯하다.

'수빈아... 안 지켜줘도 돼. 나한테 막 해줘~ 여자가 사랑하는 남자 앞에서 절대 안 된다고 하는 건, 절대 안 된다는 게 안 된다는 거야~ 그러니까... 음... 그냥 된다는 거지~ 무슨 말인지 알겠니?!'

현경이 음흉한 눈빛으로 수빈을 바라본다.

"공주, 내가 노래 불러줄까? 〈To my princess〉 불러줄게요. 잠깐만요~"

수빈은 방으로 가 조그만 키보드를 들고 나왔다. 키보드를 몇 번 두들겨·연주해보더니, 목청을 가다듬고 사랑스럽게 노래를 부른다. 감미롭다. 현경을 위해 만든 이 노래... 현경은 녹는다.

♫

부족한 나지만~ 받아주겠니~
내 남은 모든 사랑 주어도 좋아~

네가 어디 있든지 지켜줄 거야~

♪

'그만 지켜줘도 된다고~^^;'

수빈이는 감미로운 목소리로 〈To my princess〉와 팝송 몇 곡을 더
불러주었다. 수빈은 현경의 신청곡 몇 곡을 더 불러주었고 또 어떤 노
래는 듀엣으로 부르기도 했다. 그러면서도 그들은 서로에게서 눈을
떼지 못했다. 그들은 꿈처럼 행복했다. 하지만 너무 행복해 한편으론
불안했다. 혹시나 이 아름다운 행복이 깨질까 봐, 이 사랑이 날아가기
라도 할까 봐 한편으로 불안한 마음이 서로의 눈에 살짝 비친다. 현경
은 처음으로 이별의 두려움을 느꼈다.

'혹시 혼자 남겨진다면... 우리의 사랑이 영원하지 못해 그와 나 각
자 혼자 남겨진다면... 세상에서 가장 가깝게 느껴졌던 사람이 세상에
서 가장 멀어져 버린다면...'

현경은 상상하는 것만으로도 외로워졌다. 쓸쓸한 현경의 눈빛을 느
꼈는지 수빈은 현경을 꼭 안아 주었다. 수빈의 따뜻한 체온으로 잠시
스쳐갔던 나쁜 생각들이 깨끗이 사라지게 해 주었다. 잠깐의 포옹이
끝나고 수빈은 장난기가 발동해 현경의 앞머리를 또 5대 5로 가르고
이마에 뽀뽀했다.

"공주야, 뭐 하고 싶어요? 우리 아까 사온 맥주 마실까요?"

Episode 4

현경이 고개를 끄덕이자 수빈이 과자와 함께 맥주를 가져왔다. 술을 마시며 그들은 시시콜콜한 얘기들로 서로를 좀 더 알아갔다. 친구 얘기, 회사 얘기, 음악 얘기, 본인에겐 사소하지만 상대방에겐 소중한 얘기들.

최근 수빈은 자기가 만들어 놓은 노래들을 믹싱해 음반기획사에 뿌리는 작업을 하고 있었다. 할머니가 살고 계신 일본의 메이저 회사에도 음반을 보냈고 혹 자기가 꼭 노래하지 않더라도 작곡가로서 성공하고 싶다고 자신의 꿈에 관해 이야기를 했다.

어렸을 때, 아무 생각 없이 그저 연예인이 하고 싶어 레츠고 서틴에 들어갔다가 쫄딱 망한 뒤 수빈은 자기 실력을 닦아야겠다는 생각으로 음악 공부를 시작했고 그러던 와중에도 잘생긴 외모 하나로 여러 기획사에서 콜이 많았지만 그는 또다시 실패하고 싶지 않아 모두 거절했다고 했다. 당당한 싱어 송 라이터가 되고 싶은 그의 소신을 현경에게 밝혔다. 현경은 조금 놀랐다. 그냥 어린애인 줄만 알았는데 인생의 잣대가 뚜렷한 남자였다. 지금은 비록 힘들지라도 그에겐 밝은 미래가 있다. 현경은 수빈을 믿는다. 진정한 아티스트가 되리라는 걸. 현경은 갑자기 수빈이가 더 멋있어 보였다. 이런저런 이야기를 하느라고 12시를 훌쩍 넘겼다. 현경은 슬슬 졸린 척 하품했다.

"공주 피곤해요? 내가 데려다 줄게요~"

"어?... 어..."

“공주~ 근데, 조금만 더 놀다감 안 돼? 지금 보내기 너무 아쉬워...
힝~”

‘처음부터 그랬어야지!’

현경은 데려다 준다는 말에 간이 떨어질 뻔했다. 그렇게 웃으며 놀다 새벽 3시가 됐다. 현경의 칸 연기가 들어간다. 수빈이 화장실에 간 사이 얼른 소파에 누워 잠자는 척을 했다. 수빈이 화장실에서 나와 현경을 말없이 지켜보더니 담요를 가져와 조심스레 덮어주었다. 그때 현경이 잠에서 깬 척 눈을 슬며시 뜨며 이렇게 말했다.

“어머! 내가 잠들었었나 보네~ 미안...”

“아니야 공주야~ 많이 피곤해 보이는데 자고 갈래요? 안방 내줄게~”

“아니, 아니야~”

현경은 손사래를 쳤다. 그리곤 곧 기절한 것처럼 스르르 누웠다.

“어!! 공주야 괜찮아~??”

“어... 어지러워~ 술에 취했나 봐...”

“안 되겠다. 자고 가~ 알았지?!”

“휴~ 그럼... 어쩔 수가 없네...”

명품연기다. 좀 휴식을 취한 현경이 자리에서 일어나 앉자 수빈이가 새 칫솔과 꽃무늬가 들어간 예쁜 수건을 건네주었다. 현경의 집엔 각종 개업식 때나 무슨 기념으로 받은 걸레에 가까운 수건뿐인데 비교가 됐다. 현경은 준비한 파우치도 같이 들고 화장실로 들어갔다.

일단 샤워를 했다. 현경은 길지도 짧지도 않은 시간에 샤워를 끝냈다. 샘플로 받은 스킨로션을 바르고 그 위에 바르고 자도 되는 비비크림까지 살짝 바른 후 생얼인 척 물광 피부로 나왔다.

수빈은 반짝이는 현경의 피부를 보고 생얼이 이렇게 예쁜 여자는 처음이라며 감탄에 감탄을 연발했다. 현경은 유전이라 관리실 한번 가지 않는다는 뻥을 겸손하게 떨었다. 수빈은 현경을 자신의 침대에 눕히고 굿나잇 뽀뽀를 하고 샤워를 하러 들어갔다.

샤워하는 물소리에 현경은 당최 잠이 오지 않았다. 현경은 수빈이 샤워하는 모습을 상상했다. 그리곤 혼자 부끄러워 손으로 얼굴을 가렸다. 그렇게 현경이 생쇼를 하는 동안 물소리가 끊어졌다. 화장실 문 열리는 소리가 들린다. 현경은 정신이 바짝 들었다.

'뭘 입고 나왔을까? 팬티만 입고 나왔다면 난 어떻게 반응해야 하지? 혹시 아무것도 안 입고 나온 거 아냐? 악!!!'

호기심에 눈을 빠끔히 떠 화장실 쪽을 보니 수빈의 뒷모습만 조금 보였다. 아까 입은 옷 그대로 다 입고 있었다. 현경은 여간 실망한 게 아니었다. 수빈이가 방으로 걸어 들어온다. 현경은 얼른 자는 척 눈을 감았다. 수빈은 현경 가까이 다가오더니 얼굴을 덮은 이불을 살짝 젖히고 몸을 숙였다.

'침대로 들어와~ 컴온!! 컴온 베이비~!!'

현경은 김칫국을 일단 원샷했다. 그런데, 수빈은 그냥 이마에 뽀뽀만

해주고 거실 소파로 갔다. 믿고 싶지 않은 현실 앞에 현경은 무너져 내렸다. 거실에서 자리를 잡는 듯 부스럭부스럭 소리가 나더니 이내 조용했다. 시간이 점점 흐른다. 이대로 뒀다간 그냥 수빈이가 잠들어버릴까 봐 현경은 걱정이 태산이다. 너무 늦음 안 된다. 현경은 특단의 조치를 취해야 했다. 목도 마르지 않는데 물을 먹는 척 일어나 거실로 나갔다.

"공주, 안 잤어요??"

"너무나 목이 말라서…"

"미안 물 한 잔 옆에 놔뒀어야 했는데 내가 줄게~"

수빈은 냉큼 일어나 물을 한 잔 줬다. 현경은 갈증이 난 듯 꿀꺽 마시고 잔을 내려놓았다.

"빈아~"

"응?"

"나 사실… 너무 무서워… 내가 맨 날 자는 곳이 아니라서 힝!~"

현경은 잠투정하는 아이처럼 찡얼대며 수빈에게 안겼다. 정확히 얘기하자면 안겼다기보다 몸을 갖다 댔다. 수빈은 몸을 비비는 현경을 다독이며 포옹을 해줬다.

"아이구 우리 애기~ 무서웠떠염? 알았어~ 내가 재워 줄게 들어가자."

수빈이 현경을 손을 잡고 안방으로 들어갔다. 현경을 침대에 눕히고 수빈은 그녀에게 팔베개를 해준 후 토닥이며 마음의 안정을 주려

노력했다.

"우리 애기~ 이제 안 무섭지?"

수빈이 현경의 머리를 쓰다듬어 주었다. 수빈이가 머리를 쓰다듬어 주니 현경은 잠이 솔솔 왔다.

'이러면 안 돼! 이렇게 잠들면 안 돼!!!'

그녀는 잠을 깨고자 몰래 자신의 허벅지를 꼬집었다. 그래도 옆에서 남자의 향기가 나므로 쉽게 잠이 들진 못했다. 수빈이는 한참을 손을 잡고 머리를 넘겨주더니 현경이 조용해지자 조심스레 침대 밑으로 내려와 바닥에다 자리를 깔고 누웠다. 그리고 5분, 10분이 침묵 속에 시간이 흘렀다. 시계 소리만이 째깍째깍 들렸다. 캄캄한 방안, 현경은 침대 위에서 수빈은 바닥에서 손 하나 까닥하지 못하고 눈을 껌뻑껌뻑 뜨고 있다.

"수빈아... 자?"

"아니..."

"옆에 와서 누워. 바닥 딱딱하잖아. 허리 아파~"

"... 어?... 그래도 돼!?"

수빈이 빛의 속도로 침대 안으로 들어왔다. 그리고 다시 가늘고 하얀 팔을 현경의 육중한 머리통 밑으로 깔리듯 내주었다.

보통 이런 상황에서의 여자 마음은 그렇다. 격한 육체의 소통을 원하는 것이 아니다. 내 남자의 품에 그냥 안겨 있는 것만으로도 좋다.

내 남자의 체취를 맡으며 포근히 그의 가슴에 기대어 잠들고 싶어 한다. 그게 다다. 현경 역시도 그렇다. 한시라도 떨어지고 싶지 않다. 잠을 자면서도 사랑하는 수빈이 함께 있다는 걸 느끼고 싶었다. 그의 체취를 느끼며 몸의 소통이 아닌 정신의 소통을 하고 싶었다. 여자들은 대부분 그렇다.

그런데 반면 남자들은 어떤가? 이렇게 둘만의 공간에서 이런 상황이 온다면 대부분의 남자는 분위기를 잡고 키스를 할 것이다. 내 여자를 사랑하기 때문에~ 여자도 당연히 입술을 허락한다. 내 남자와 키스를 좋아하지 않는 여잔 별로 없다.

이때 포인트! 남자들의 착각이 시작된다. 물론 모두가 그런 건 아니지만 입술을 허락하면 몸도 허락하는 줄 안다. 키스와 섹스는 엄연히 다르다. 그런데 입술을 주고 나면 손은 이미 가슴에 착지해 손가락 운동을 하고 있다. 그러다 얼마 안 돼 결국 덮치려고 한다. 그때, 완강히 거부하는 여자, 받아주는 여자 둘로 나뉜다. 받아준다고 사랑하고 거부한다고 싫어하는, 여자는 그런 단순한 동물이 아니다. 하지만 둘만의 장소에서 키스까지 했는데 거부하는 여자를 남자들은 '독한 년'이라고 칭한다. 그럼 받아주는 여자는 정말 섹스가 좋아서 받아주느냐? 그것도 아니다. 그런 여자도 있겠지만 단지 그 남자를 사랑해서 싫지만 받아주는 여자들도 많다. 내 남자가 좋아하니까~. 그런데 남자 대부분은 그걸 모른다. 아무튼, 인간은 복잡한 감정의 동물이다.

수빈의 팔을 베고 있던 현경이 그의 가슴에 얼굴을 묻었다. 수빈이의 빠르게 뛰는 심장 소리가 현경의 귀에 쩌렁쩌렁 울린다. 수빈은 굳은 자세로 천정만 바라보다 눈을 감았다. 수빈이는 마네킹 같았다. 숨소리도 아주 조심히 냈다. 현경은 그런 수빈이 귀여워 입가에 미소를 띠며 눈을 감았다. 현경은 이렇게 남자랑 누워 있는데도 어색하지 않고 편안한 느낌은 처음이었다. 현경이 잠이 들려고 하는데 갑자기 수빈이 씩씩대며 입을 열었다.

"이씨~! 공주야, 나도 남자라구~!"

현경은 빵 터졌다.

"푸핫! 누가 여자래?! ㅋ"

"공주가 날 시험에 들게 하려고 이러는 것 같은데, 내가 보여주겠어! 난 지금 악마랑 싸우고 있으니까 먼저 자~ 언능 코 자염. 공주가 내일 아침에 눈 떴을 때 내가 악마한테 이기면 공주 옆에 있을 거고 내가 지면 소파 위에 있을 거야. 내 꿈 꿔~ 꿈에서 응원해줘! 잘자~"

현경은 큭큭 대며 잠이 들었다.

'네가 이기든 지든 그런 건 중요하지 않아~. 네가 지금 악마랑 맞장 뜨고 있다는 게 중요한 거지~ 그런데 수빈아~ 세상을 다 이기면서 살려고 하지 마. 가끔 알면서도 져주는 미덕이 필요한 거야~ 난 뭐, 그렇다~! 악마, 파이팅!!'

하루 종일 긴장한 현경이 잠들어 버렸다. 푹 잔 현경은 눈을 떴다.

현경은 원래 남의 집이든 서울역이든 어디서든 잘 잔다. 눈을 뜨자마자 손을 더듬더듬했다. 수빈이가 없었다. 악마가 이겼나 보다.

현경이 이불을 감고 거실로 나가니 수빈이 소파에 자고 있었다. 추운지 몸을 웅크리고 불쌍하게 자고 있었다. 그런 수빈을 보니 현경은 그가 더욱 사랑스러웠다. 어쩌면 자는 모습도 이렇게 예쁠까? 눈곱은커녕 자고 일어나면 끼는 개기름의 흔적조차 없다. 둘이 눕기엔 좁은 소파였지만 현경은 꾸역꾸역 수빈이 등 뒤로 파고들어가 그를 안았다. 그제야 수빈이가 잠에서 깬 듯 현경의 손을 잡았다.

"공주야~ 나 악마한테 졌어요. 처음엔 천사처럼 자는 공주 얼굴 보고 이겼는데. 잘 자다가... 그만, 새벽에 졌어요..."

현경은 수빈이 너무 귀여워서 웃음이 났다. 뒤에서 웃는 걸 느꼈는지 수빈이도 같이 키득키득 웃었다.

둘은 신혼부부처럼 아침을 맞았다. 수빈이 소파에 널브러진 현경을 위해 커피와 샌드위치를 가져왔다. 그리고 USB를 TV에 연결해 여유롭게 영화를 봤다. 그들은 오랜만에 여유롭고 행복한 주말을 보내고 있다. 이것이 현경이 생각하는 그림이었다. 한참을 뒹굴뒹굴 쉬고 있는데 갑자기 수빈이 "아~맞다!" 하더니 방으로 들어가 책 두 권을 가지고 나왔다. 표지는 똑같은데 색이 다른 조그만 책이었다.

"빈아~ 뭐야 이게?"

"이건 연인끼리 사랑 확인할 때 쓰는 거래~ 서점에 책 사러 갔다가 우리도 쓰면 좋을 것 같아서 사왔어~ 우리 이거 쓰자! 공주야~^^"

책 제목은 《내가 널 사랑할 수밖에 없는 이유》였다. 책을 열어 보니 질문이 적혀 있고 거기에 객관식이든 주관식이든 직접 답을 쓰면 되는 식이었다. 디자인과 색깔은 예쁘지만 문제집에 가까운 책이었다. 현경은 나이 서른에 별의별 걸 다 해본다 생각했지만, 원래 유치한 게 사랑이란 생각에 펜을 들었다. 그들은 더 유치하게 각자 숨어서 글을 쓰기 시작했다.

질문의 내용은 대충 이렇다. 주관식은 대충 '널 처음 보았을 때 나는?' '난 너의 이런 모습도 사랑해~' '난 너의?' 이런 거였다. 객관식 질문도 있었다. 그리고 OX 질문도. '네가 원한다면 무릎도 꿇을 수 있다.' OX. 손발이 오그라드는 질문들이 100개 정도였다. 쓰기 힘들 줄 알았는데 짧은 질문도 있고 객관식에, OX 문제도 많아 금방 써내려갔다.

한참 집중해서 쓴 뒤에 다시 한자리에 모였다. 두 권의 책을 모아 수빈이가 가지고 있던 나무상자 같은 곳에 넣고 자물쇠로 잠갔다. 우리가 힘들어질 때, 조금이라도 서로에게 소홀해질 때, 우리에게 위기가 올 때, 그럴 때 꺼내어 보자고 약속했다. 수빈이가 집에서 혹시 볼 수도 있으니 열쇠는 현경이 가지고 있기로 했다. 유치하다고 생각했던 그 책을 쓰며 현경과 수빈은 서로를 사랑하고 있다는 사실을 새삼스레 느끼게 됐다.

나무상자를 닫고 현경과 수빈은 웃으며 포옹을 했다. 장난스레

서로의 등을 두드리며~

　현경은 수빈이가 뭐라고 썼는지 궁금했지만 한편으로는 이 나무상자가 영원히 열리지 않았으면 하는 바람이었다. 나중에, 나중에 결혼을 하고 아이를 낳아 잘 키워 다 출가시킨 뒤 다시 둘만 남게 됐을 때 그때, 이 상자를 꺼내 서로 읽어주며 흐뭇하게 웃을 수 있었으면 좋겠다는 생각을 했다. 수빈 역시 현경과 같은 마음으로 현경을 바라본다.

Episode 5.

당신은 세상이 내게 준 가장 아름다운 선물입니다.

〈선물〉 중에서

동거까진 아니었지만 그들은 자주 수빈의 집에서 놀았고 추운 겨울을 따뜻하게 보내고 있었다. 이제 곧 크리스마스도 다가오고 현경의 생일도 다가오고 있었다. 현경의 생일은 음력이라 매해 생일 날짜가 바뀌는데 올해는 크리스마스이브랑 같은 날이었다. 현경은 눈에 넣어도 안 아픈 남자친구가 생기고 나니 크리스마스가 마냥 기다려진다.

12월이 되면서 현경의 회사가 더욱 바빠졌다. 현경이 맡은 독립영화가 베를린 국제 영화제에 초청되는 바람에 회사에 비상이 걸렸다. 버리는 카드가 히든카드가 된 것이다. 이 영화의 제작비는 총 1억, 감독이 거의 혼자 전전긍긍하며 7년 동안 전국을 돌아다니며 촬영한 독립

영화다. 1억은 7년 동안 감독 밥값이랑 차비인 것 같다. 이 작품성 있고 장인정신이 묻어나는 영화의 제목은 〈소똥〉이다. '쇠똥' 도 아니고 '소똥!!'

　이 영화의 내용은 대충 이렇다. 불우한 가정 형편으로 학교도 다니지 못하고 동네 소똥이란 소똥은 다 치우며 품을 팔아 연로한 할머니를 모시고 살아가는 한 소년과 소똥을 먹고 살며 그 안에 알을 낳고 유충을 키우는 모성애 강한 왕쇠똥구리 한 마리의 눈물겨운 우정을 다룬 영화이다. 장르는 다큐성 휴먼드라마를 기본으로 하고 있지만 그 밖에 여러 장르가 섞인 스펙터클한 장르의 영화다. 소똥을 둘러싼 계략과 함정, 갈등, 거기에서 나오는 서스펜스, 스릴…
　서로 사랑하지만 각자의 처지 때문에 어쩔 수 없이 공격해야만 하는 소년과 왕쇠똥구리의 비극적인 운명. 대사는 없지만 소년의 눈빛과 쇠똥구리의 더듬이에서 모든 게 느껴진다. 전국 방방곡곡 소똥이란 소똥은 다 찾아다니며 7년을 하루같이 소똥과 함께한 감독의 노력과 장인정신이 고스란히 영화에 묻어 있었다. 기대도 하지 않고 본 이 작은 독립영화는 몇 천억을 투자한 할리우드 블록버스터 영화보다 더 인상 깊게 가슴에 와 닿았다.

　회의가 시작됐다. 현경의 팀에 주어진 첫 임무는 베를린 출장이었다.

Episode 5

베를린 국제영화제가 열리기 전 영화제 관계자들과의 미팅을 위해서다. 이 출장은 비용이나 능률 면에서 이사님과 함께 단 한 사람만 가는 것으로 정해졌다. 현경은 예전 같으면 초롱초롱한 눈빛으로 대표님에게 '나도! 나도!'를 외치며 출장을 자처했겠지만 지금은 베를린이고 소똥이고 나발이고 수빈이를 보름 동안 못 본다면 회사도 그만두고 싶은 심정이었다. 출장 얘기가 사장님 입에서 나오자마자 현경은 눈을 깔았다. 다른 팀원들은 가고 싶어 안달이 나 눈에서 레이저를 쏴댔지만 이사님 입에선 현경의 이름이 호명되었다.

"이번 출장은 장 대리랑 가는 걸로 하지!"

우르르꽝꽝~!!!! 현경은 뒷골이 당겼다. 현경은 썩은 얼굴을 버리고 환한 미소로 이사님께 감사 인사를 드렸다. 그날 그 회의 이후 현경은 입맛도 없어 밥도 제대로 먹지 못했다. 고작 보름인데 왜 이렇게 발이 떨어지지 않는지... 현경이 출장 다녀오면 바로 생일이자 크리스마스다. 그날 저녁 갑자기 야근을 해야 하는 바람에 현경은 수빈에게 전화를 걸었다.

"빈아... 나 오늘 못 볼 것 같아..."

"응? 우리 공주 목소리 왜 그래요?"

"야근해야 할 것 같아~ 미안, 내일 다시 전화할게."

전화를 바로 뚝! 끊어버렸다. 현경은 수빈이 목소리를 들으니 서러워 눈물이 나려고 했다. 현경은 그에게 속상했던 마음을 위로라도 받고 싫었나 보다. 어린아이처럼…

그녀는 맘을 추스르고 야근을 했다. 밤이 깊어 가는데도 좀처럼 일이 끝날 기미가 보이지 않는다. 새벽 1시쯤 겨우 내일 회의 때 쓸 자료만 대충 마무리하고 책상에서 일어섰다. 가방을 챙기고 나가려고 하니 복도에 수빈이 서 있었다. 수빈은 언제부터 현경을 기다린 걸까? 프라이버시가 지켜진다며 좋아하던 책상의 높은 칸막이가 오늘은 원망스럽다.

"수빈아…"

현경이 부르자 대답 대신 반갑게 웃어주었다.

'내가 걱정돼서 왔구나… 내가 널 걱정시켰구나…'

자기 생각만 하고 전화를 뚝! 끊어버린 현경은 순간 후회가 됐다.

"공주, 괜찮아염??"

그는 만나자마자 현경의 가방을 받아들고 걱정이 가득한 얼굴로 물었다.

"응… 별거 아냐~ 아까 그냥 기분이 별로여서… 가면서 얘기하자~"

시간도 너무 늦었고 현경의 집까지 갔다가 수빈이 돌아가기엔 택시비도 아까워 차를 수빈의 집 쪽으로 돌렸다. 수빈의 집에서 자고 간 뒤에, 혹시 몰라 차에 여벌의 옷을 항상 가지고 다녔다. 여차하면 수빈이 집에서 자려고~

　그런 엉큼한 의도로 가지고 다닌 옷이 유용하게 쓰이겠다. 수빈이도 자연스레 집 문을 열어주고 잠옷을 내주었다. 씻고 대충 정리하고 자리에 앉았다. 현경은 그제야 수빈에게 출장을 보름 동안이나 갔다 와야 한다고, 그래서 기분이 좀 우울했다고 얘기했다.

　고작 이런 이유 때문이냐고 화를 낼 줄 알았는데 출장 얘기에 수빈의 표정이 더 어두워졌다. 잠시 뒤 수빈은 현경 옆으로 와 그의 길고 가는 팔로 현경의 어깨를 감싸주었다. 수빈이 현경의 어깨를 토닥토닥 한다.

　"걱정 마. 보름은 아주 길지만 우리 사랑이 더 깊어지는 계기가 될 수 있잖아. 좋게 생각하자~ 공주야, 우린 잘 이겨낼 수 있을 거야."

　누가 보면 10년은 떨어지는 줄 알 것이다. 현경은 수빈의 위로를 받고 겨우 안정을 찾았다. 떨어져 있는 동안 서로 하루도 빠짐없이 항상 그리워해야 하고 서로 딴생각은 하지 말며 믿음과 사랑으로 보름을 이겨내야 한다는 주기도문 같은 말들을 주고받았다.

　수빈은 혹시 모르니 같이 사는 세희 번호를 알려달라고 했다. 현경은 찜찜했지만 혹시나 필요할 수도 있으니 알려주었다. 밤이 늦어 잠자리에 들었다. 수빈은 어김없이 팔베개를 해주었다. 현경의 무거운 머리에 깔려있는 그의 하얀 팔이 점점 더 창백해지는 듯하다. 현경은 질려있는 그의 팔을 봤지만 모르는 척하고 수빈의 가슴에 기대어 잠들었다.

　핸드폰 알람이 울려 눈을 뜨니 수빈은 어김없이 소파에 웅크리고 불쌍하게 자고 있었다. 아침에 찾아오는 악마가 세긴 센가 보다. 한 번도 이기질 못하니... 이러다 수빈이 피 말려 죽이는 건 아닌지 모르겠다. 수빈은 악마랑 너무 심하게 싸웠는지 고단한가 보다. 현경은 수빈을 깨울까 쪽지만 남기고 조용히 집을 나왔다.

　출장 준비로 정신없이 하루하루가 간다. 며칠 빠듯하게 준비를 하고 드디어 현경은 보름간의 생이별 길에 올랐다. 비행기가 뜨기 직전까지 수빈과 문자를 하며 눈물겨운 이별을 했다.

　현경은 막상 베를린에 도착하니 수빈 생각이 싹 사라졌다. 일정도 빡빡하고 낯선 문화가 신기하기도 해 너무 재미있었다. 그리고 때마침 베를린 젊은 남자들의 유행이 동양 여자를 사귀는 거라 현경이 지나갈 때마다 휘파람을 불어 대며 '부티(미인), 부티(미인)'를 외쳐댔다. 현경은 서양의 멋진 남자들의 깊은 관심을 받으며 하루하루 바쁜 스케줄을 보내다 보니 수빈은 뒷전이 되었다.

　제 버릇 개 못 준다고 밤만 되면 동갑인 현지 여자통역과 짝짜꿍이 맞아 물 좋은 클럽을 다니며 정신줄 놓고 광기를 발산했다. 시차 때문도 있지만 이렇게 광년이 되느라 카톡도 제때 답장을 못하고 무료통화 어플로도 전화를 자주 못했다.

　어느덧 정신을 차려보니 다음날이 베를린에서 출국하는 날이었다.

마음을 먹고 수빈에게 보이스 톡으로 전화를 걸었다. 저녁 11시쯤, 한국 시각으론 새벽 6시다. 통화음이 울리고 얼마 지나지 않아 수빈의 목소리가 들렸다.

"공주야!? 아~ 공주야~ 왜 이렇게 전화를 안 했어. 무슨 일 생겼는지 알고 얼마나 걱정했는지 알아요?? 아~ 다행이다. 이렇게 통화가 돼서... 휴~."

안도하는 수빈의 깊은 한숨에 현경은 너무 미안해 숨고 싶었다.

"미안해... 일도 바쁘고 이사님이랑 같이 다녀서 전화할 여건도 안 됐어. 미안해..."

'비겁한 변명입니다!!'

실미도의 대사가 생각난다.

"근데 수빈아, 새벽인데 안 잤어? 목소리가 안 잔 사람 같네."

"응! 작업할 게 있어서 작업실에 있어요. 내일 저녁에 오지? 내일 공항으로 나갈게"

"아니야 이사님도 같이 계시고... 알아서 갈게~ 내일 도착해서 전화할게."

"그럼 집으로 갈게. 얼굴만이라도 잠깐 봐."

"어... 어. 도착함 전화 할게."

방귀 낀 놈이 성낸다고 미안한 건 미안한 거고 현경은 이상하게 수빈이 조금 귀찮았다. 일은 일대로 여행은 여행대로 즐기면서 베를린

일정을 무사히 마치고 한국으로 돌아왔다.

현경은 집으로 가는 택시 안에서 수빈에게 전화를 했다. 현경은 도저히 피곤해서 안 되겠다며 집으로 오려는 수빈을 달래고 내일 보자며 전화를 끊었다.

다음날 휴무, 시차 적응이 안 돼 내리 잠만 잤다. 눈뜨면 먹고 또 잠이 들었다. 정신을 차리니 24일 새벽이 되어 있었다. 머리가 상쾌하고 몸이 가볍다. 시계를 보니 새벽 6시였다. 핸드폰을 확인하니 카톡에 불이 났다. A형 클럽 친구들이 12시에 맞춰 생일 축하 문자를 보내왔고 가족들 회사 동료한테 온 문자도 있었다. 수빈이의 문자는 12시 정각에 1등으로 와 있었다. 태어나줘서 너무 고맙고 현경을 낳아주신 어머니께도 감사드리며 사랑한다고 적혀 있었다.

눈 뜨자마자 기분이 좋다. 한참을 확인하고 정신을 차리니 배가 고팠다. 주방에서 시끄러운 소리가 나 현경은 주방으로 나갔다. 뚝딱뚝딱, 보글보글 소리가 요란하다.

"니 뭐하노? 안 어울리게?"

"인났나? 쫌만 기다리래이. 내가 미역국 끓였다이~ 생일 아침엔 밥을 든드이 묵어야 1년을 잘 얻어먹는다이~^^"

둘이 살면서 처음 맞는 생일이라 요리에 요자도 모르는 세희가 용을 쓴다. 현경은 출근 준비를 일찍 마치고 식탁 앞에 앉았다. 생일상은 조촐했다. 하지만 그 우정에 배불렀다. 아무나 다 할 줄 아는 계란프라이에 냉장고만 열면 있는 김치, 마트에 널려 있는 김, 잘라서 굽기만 하면 되는 스팸, 콩이 돌 같이 씹히는 콩밥이 식탁에 놓였다.

세희가 한겨울에 땀을 뻘뻘 흘리며 2시간 동안 준비 한 미역국을 '짠' 하고 뚜껑을 연다. 뜨거운 김이 확 나고 시야가 맑아지자 미역국 수면 위로 뭔가 둥둥 뜨는 게 보인다. 그런데 어째 심상치 않아 보인다. 밝았던 현경의 얼굴도 점차 굳어졌다.

"세희야…. 어여!! 니 미역국 뭐 넣고 끓였노?"

"어…? 미역…"

세희의 목소리가 작아진다.

"미역 말고."

현경이 조용히 얘기했다.

"간장…"

현경이 버럭 했다.

"간장 말고 뭐 넣었냐고?! 고기가? 조개가? 뭔데??"

그제야 세희의 목소리에 힘이 들어간다.

"고기!! 고기!!!"

현경은 한참 세희를 노려봤다. 뭔가 잘못됐다는 걸 느낀 세희가 눈치를 보며 얘기했다.

"야!! 요즘 고기가 얼마나 비싼지 아나?! 내가 특별히 제주도산

똥돼지로 잡아왔다이~ 껍데기가 살아 있어! 비싸드라이~ 요즘 삼겹살이 소고기보다 비싸~!!"

왕~ 왕~ 왕~ 왕~ 국물 위에 뜬 건... 비계였다.

"친구야..."

"와? 와?! 빨리 묵어 봐라~"

"그러니까... 미역국에 삼겹살을 넣었단 말이제...?"

그제야 분위기 파악이 됐는지 목소리가 다시 기어들어간다.

"어?! 엄마가 고기로 국물을 내면 된다고 하드라고. 근데 돼지고기인지 소고기인지 얘기를 안 해줘서 일단 마트에 갔는데, 제주도 똥돼지 행사를 하고 있는기라. 시꺼먼 흑돼지 사진이 실물 크기로 떡하니 있는기라~ 그때!! 멀리서 돼지 새끼랑 눈이 딱! 마주쳤어. 그래서 바로 저거다!! 김치찌개에도 돼지니까, 당연히 미역국도 그런지 알았지~ 어쩐지 자꾸 끓이다 보니까 쎄~ 하드라. 어쩌노~ 친구야..."

생일에 아침밥을 잘 얻어먹어야 1년을 잘 얻어먹는다더니 삼겹살로 그것도 껍데기에 털이 드문드문 붙은 흑돼지로 국물을 낸 미역국을 먹이려 하다니... 그래도 현경은 그녀의 정성이 눈물겨워서 한술 뜨려고 했지만 비계가 덩어리로 뭉쳐 있어서 도저히 먹을 수 없었다.

현경은 엄숙히 집을 나온 뒤 차 안에서 빵 터졌다. 크리스마스이브라 모두 '메리 크리스마스'로 인사를 대신하고 하루 종일 밀린 작업을 한 뒤 정시에 퇴근했다.

사무실 앞에서 수빈을 만난 현경은 수빈이 아는 형이 하는 '바'로 생일 파티를 하러 갔다. 현경이 도착하니 친구들이 다 와 있었다. 와인을 마시며 이런저런 수다로 시간이 좀 흘렀다. 현경이 화장실을 가려고 자리를 떴다. 그 사이 수빈은 현경 친구들과 초에 불을 켜고 현경을 기다렸다. 현경이 화장실에서 나오니 종업원이며 사장이며 거기 손님들까지 다 일어나 'Happy Birthday To You'를 합창했다. 현경 이름을 정확히 넣어서. 수빈과 사장형의 합작 이벤트였다. 현경은 감격해서 촛불을 껐다. 수빈은 늘 하듯이 5대 5 가르마를 타서 이마에 뽀뽀를 해주었다. 야유와 휘파람이 동시에 나왔다. 현경이 자리에 앉으니 천정에서 스크린이 내려왔다. 스크린에서 수빈이 얼굴이 나왔다. 현경은 갑작스러운 이벤트에 살짝 당황했다. 가게의 모든 사람들이 스크린을 주목했다.

"공주야~ 나야, 수빈이~ 놀랐지?! 공주 생일 축하해요. 이게 다라고 생각하면 공주는 아직 나를 너무 몰라~ 지금부터 내 사랑을 보여줄게~ 자! 시작한다."

화면에서 갑자기 친구들이 우르르 나왔다. 친구들이 수빈이가 작업하는 녹음실에 모여 한 명씩 돌아가며 〈겨울아이〉를 마치 가수라도 된 듯, 헤드폰을 쓰고 불렀다. 음이 틀리기도 하고 중간에 웃어서 가사전달이 잘 안 되기도 했지만 서로 장난도 치면서 현경을 위해 노래를 녹음하는 모습이 자연스럽고 예쁘게 보였다. 현경은 감동했다. 그리고 한 명씩 돌아가며 생일축하 겸 우정의 영상편지를 보냈다. 현경에게 하고 싶었던 말들, 평소 낯간지러워 못했던 사랑한단 말까지 영상편지에 담겨 있었다. 그리고 마지막엔 다 같이 모여 "현경아~ 사랑해~~!!"를 외쳤다. 현경은 그만 감정에 북받쳐 눈물이 터졌다. 현경이 우니 보람도 울고 세희 경숙까지 울고 난리가 났다. 내일이면 계란 한 판인 여자들의 우정이 눈물겹다. 스크린이 올라간 뒤, 현경과 친구들은 끌어안고 울다가 웃고 쇼를 했다. 그 모습을 수빈이 흐뭇하게 바라보고 있었다. 친구들이 하나같이 얘기했다. 현경의 생일을 축하해주기 위해서 녹음한 거지만 자기들도 녹음하면서 정말 좋은 추억이 생겼다고, 그리고 다시 한 번 우리들의 10년 우정을 더 돈독하게 해줬다며 수빈에게 고맙다고 했다.

현경은 독일에서 코쟁이들과 정신줄 놓고 맥주병에 빠져 있을 때 수빈인 자신의 생일을 위해서 이렇게 애쓴 것을 알고 나니 한없이 부끄러웠다. 하지만 현경은 행복했고 이 일로 더욱더 수빈을 사랑하게 됐다. 현경의 생애 가장 기억에 남는 Best Of The Best 생일파티였다. 가슴 찡한 생일 겸 크리스마스이브다.

'수빈아~ 사랑해... 그리고 메리 크리스마스~!'

Episode 6.

뒤돌아보지 마. 눈물을 말리는 건 앞에서 불어오는 바람이야

〈와니와 준하〉 중에서

새해가 밝았다. 현경의 나이 서른. 서른!! 계란 정확히 한 판!!! 서른이 되자 현경은 뒷골이 당겼다. 당기는 뒷골을 가라앉히고자 현경은 수빈과 함께 일출을 보러 청계산에 올랐다. 나이는 나이고 이 사랑이 변치 않고 영원하길 현경은 두 손 모아 간절히 기도했다.

산 정상에선 새해 첫 일출을 반기는 의식을 하고 있었다. 농악대의 BGM이 깔리고 제사장이 기도문을 외며 축원이 적힌 한지를 활활 태워 하늘로 올려보내고 있었다. 사람들도 그 의식을 보며 숙연히 기도를 올리고 있다. 어느덧 순식간에 해가 빨갛게 올랐다. 제사장이 흥분해 기축년이 어쩌고저쩌고하며 격앙된 목소리로 염불 같은 걸 외시는 걸 보고 수빈이가 큰 소리로 물었다.

"공주야~ 기축년이 뭐야??"

사람들이 쳐다봤다. 현경은 이제 뭐 익숙하기 때문에, 자연스레 자식 키우는 엄마처럼 설명해주었다.

"기축년이란 말이지~ 올해가 소띠의 해라서 기축년이라고도 하고, 아까 한복 입은 아저씨가 얘기했지?? 하늘의 양기를 땅에 내리고 땅은 음기를 내서 음기와 양기가 합쳐져 평화가 오는 해라고. 그게 기축이야. 기는 하늘의 기운, 축은 땅의 기운. 알겠떠여??"

현경이 최대한 알기 쉽게 설명했는데도 도통 뭔 소린지 모르겠다는 표정으로 수빈은 또 묻는다.

"그럼 올해는 소띠 해야?"

"그렇지!! 우리 수빈이 똑똑하네~^^"

"아~~~"

바보 돌 터지는 소리가 난다. 수빈은 심각한 얼굴로 쫑알쫑알 끊임없이 질문한다.

"그럼~ 공주는 무슨 띠야?"

"나는~ 닭띠야."

"아~ 공주는 닭띠구나~~ 큭큭^^ 그럼 나는 무슨 띠야?"

'헐~~'

당황한 걸 숨기고 차근히 얘기해줬다.

"우리 수빈이는 그러니까 음... 토끼띠네~~"

"토끼?! 와~ 난 되게 귀여운 띤데 공주는 닭이다. 으하하하~"

'우끼냐~?! 지가 무슨 띠인지도 모르면서 내가 닭띤 게 우끼냐?!'

수빈은 천진난만하게 웃더니 맑은 눈으로 다시 질문한다.

"그럼 공주야~ 올해가 소띠면 내년은 무슨 띠야??"

"음? 내년은 호랑이띠일걸? 아마도."

"아~~~"

바보 돌 터지는 소리가 또 한 번 난다.

"공주야~~~"

수빈이의 질문하는 눈빛이 유난히 호기심 어리고 해맑다. 눈동자에서 반짝반짝 빛을 내면서 작고 귀여운 입술을 달싹달싹 대며 말한다.

"그럼~ 난 내년에 무슨 띠야??"

주변 사람들의 튀어나온 동공들을 현경은 보고야 말았다.

'헐~ 넘사벽!(넘을 수 없는 사차원의 벽) 띠가 무슨 랜덤이냐?! 혈액형도 그럼, 올해는 소심한 A형이었다가 내년엔 갑자기 빡 도는 B형이 되고 또 내후년엔 성격 좋은 O형이 되기도 하는 거야?? 수빈 아~ 내 사랑 수빈아~U.U'

현경은 수빈과 올 한해 무사히 잘 보낼 수 있을지 걱정이 됐다.

새해, 회사에 첫 출근. 〈소똥〉의 반응이 국내에서도 솔찮이 괜찮다. 영화제 초청작에다가 영화의 주제가 인간과 곤충의 소통이니만큼

신선하고 참신했다. 이 허를 찌르는 소재만으로도, 국내는 물론 세계의 관심이 주목되었다. 국내 개봉시점은 겨우내 푹푹 썩힌 퇴비를 뿌리는 봄으로 결정됐다.

수빈이도 일이 잘 풀리는 듯했다. 수빈의 곡을 국내 음반기획사에서 싱글로 내자는 제의가 들어왔다. 일본에 보낸 데모 테이프도 반응이 좋아 메이저 기획사에서 미팅을 제의했다. 수빈이도 올해는 조짐이 좋다. 현경은 수빈의 이 추세라면 올해 생일에 가방 하나 정도 받을 수 있으리란 기대를 해본다. 현경은 이미 찜해놓은 가방이 하나 있었다. 그동안 카드값 막기에 빠듯해 군침만 삼키고 있었던 아이. 현경은 또 김칫국부터 마신다. 이제껏 수빈한테 받은 선물은 하나같이 정성만 가득한 선물뿐이었다. 수 통의 편지, 언제든 불러주는 노래 선물, 아! 물질적인 것 하나 있다. 생일에 받은 향수. 물론 이런 정성 가득한 선물이 싫다는 게 아니다. 하지만 현경도 그냥 여자다. 화이트데이에 사탕 바구니를 뒤집는 여자. 사탕 안에 단지 사탕만 있다면 분노 게이지가 올라가는 그런 똑같은 여자다. 아무튼 그들은 서로 정신없이 일하면서도 자주 만났고 못 만나는 날에는 핸드폰이 뜨거워질 정도로 통화를 하고서야 잠이 들었다.

현경이 회사에서 일하고 있는데 엄마한테서 전화가 왔다.

"어~ 엄마!"

나긋나긋하고 느린 엄마의 교양 있는 목소리가 들렸다.

"따~알~~"

"응, 엄마."

뭔가 필요하신 게 있나 보다. 아빠는 항상 돈을 움켜쥐고 씀씀이가 헤픈 엄마한테 잘 내놓지 않으신다. 그래서 엄마가 이런 목소리로 전화하실 때는 뭔가 필요하단 뜻이다.

"구정 때 오나??"

안 가면 삐쳐서 1년을 갈 거면서 물어본다.

"응~ 가야지."

"요즘 몸은 좀 어때?? 자꾸 피곤하고 어지럽고 그렇지는 않나??"

"어?! 응, 안 그런데~. 엄마, 나 좀 바쁜데, 구정 때 가서 얘기하면 안 될까? 아님 내가 나중에 전화할게~"

삐쳤다! 순간 아무 대답이 없다. 골치가 아파지기 전에 현경은 수습에 들어갔다.

"아니다 엄마. 미안~ 지금 얘기해라, 왜!? 무슨 일인데?"

"그게~ 호호호."

3초도 안 돼서 금세 풀리셨다. 다시 신나서 말을 이으신다.

"엄마가 니를 위해서 흑염소 한 마리를 잡아서 약을 냈다. 여자가 서른 전에 먹음 좋다고 하드라~ 집으로 부쳐 주께."

웬일이냐?! 이제껏 약 한 번 지어준 적 없고 서울 올라와서 반찬 한 번 해준 적 없는 엄마가... 현경은 수상했다. 뭔가 냄새가 났다.

"어?! 어... 내야 고맙지~ 잘 먹을게 엄마~"

"30만 원이다이~ 엄마 계좌로 붙이라~ 딸~"

뚝! 그럼 그렇지~ 현경은 다시 일에 몰두하려는데 시집간 언니한테서 전화가 왔다. 현경을 제외하고는 가족들 모두 고향인 부산에 살고 있다.

"어~ 언니야~"

"엄마 전화 안 왔드나!?"

언니의 목소리가 살짝 상기됐다.

"내 바쁘다. 무슨 일인데?"

"니도 약 강매 당했나?! 흑염소 말이다~"

"응. 그래~ 근데 와!?"

"여자가 마흔 전에 먹음 좋다고 내한테 25만 원 받아갔다."

'젠장!! 5만 원 더 당했다.' 사기의 냄새가 스멀스멀 난다.

"근데~ 울보한테 제보가 들왔다이~"

울보는 현경의 여동생 별명이다.

"그 흑염소 아빠 농장에서 뛰쳐나와서 까불다가, 복실이 있자나~ 눈까리 빨간 아! 갸한테 물려가지고 즉사했단다. 그걸 바로 엄마가 차에 싣고 가서 약을 낸 기란다. 내는 이미 당했다이~"

아빠가 키우는 흑염소가 아빠가 키우는 투견, 복실이에게 갑자기

봉변을 당하자 엄마가 옳타커니 한 거다. 언니의 말에 의하면 엄마가 요즘 밍크 조끼에 꽂혀 있었단다. 엄마의 사기극에 현경은 귀여워 웃음이 났다.

"알겠다. 언니야~ 구정 때 가서 보자. 우리 엄마 그러는 거 하루 이틀이가?! 귀엽다~ 귀여워~ㅋ 드가라이~"

현경은 전화를 끊고 인터넷뱅킹으로 엄마에게 30만 원을 쐈다.

구정이 다가왔다. 현경은 수빈이랑 밥을 먹다 내려갈 표가 없어 걱정이라고 얘기했더니 고향 집까지 데려다 주겠다고 한다. 엄마가 수빈이를 보면 뭐라고 하실까 걱정되기도 했지만 현경은 수빈과 한시라도 떨어지기가 싫어 승낙했다. 어렸을 때부터 집에 남자친구 자주 데리고 갔으니 괜찮겠지란 아주 안일한 생각으로 현경은 수빈과 귀성길에 올랐다.

내려가는 차 안에서 둘은 많은 얘기를 하며 서로에 대해 조금 더 알아갔고 현경은 운전하는 수빈에게서 한시도 눈을 떼지 않았다. 어느새 톨게이트를 지나 양산 IC로 들어왔다. 현경의 부모님은 부산에도 집이 있고 양산에도 집이 있었다. 엄마랑 아빠는 과수원도 하고 동물도 키우시느라 주로 양산에 계신다. 과수원이 꽤 넓어 레이가 항상 현경을 보고 땅 부잣집 딸이라며 부러워했다.

부모님은 이제 나이가 있으셔서 대도시보다는 이런 시골이 좋다고 하시더니 현경이 서울로 올라가자마자 아예 양산으로 옮기셨다. 전원주택 같은 걸 지어놓고 밭에는 상추도 심고 깻잎도 심고, 울타리에는 넝쿨장미도 심으셔서 7~8월이면 울타리를 둘러가며 장미가 빨갛게 한 아름 피어 예쁘다. 물론 아빠가 다 하신 거다. 엄마는 손에 물이든 흙이든 뭐든 묻히는 것 자체를 싫어하신다.

현경의 남매는 딸 셋에 아들 하나다. 막내아들은 지금 군대에 갔다. 현경은 집에 도착하기 전 잠깐 편의점에 들러 명절용 선물 세트 하나를 사서 수빈의 손에 쥐어 주었다. 형식과 격식을 차리는 걸 좋아하는 엄마에게 수빈이가 밉보이는 게 싫어 미리 손을 쓴 것이다. 또 혹시 몰라 현경은 수빈에게 자신이 산 것처럼 하라며 신신당부를 했다.

드디어 집에 도착했다. 새벽에 출발한 현경 일행의 도착시각은 아침 9시였다. 차 소리가 들리자 엄마가 뛰어나왔다. 딸들한테 사기 쳐서 산 밍크 조끼를 입고~ 남자친구랑 같이 간다는 소릴 했기에 한껏 꾸미고 계셨나 보다. 평소에 입지도 않는 홈드레스에 밍크 조끼를 떡 하니 입고 전형적인 현모양처인 양, 조신한 모습으로 나오셨다.

교양 있는 말투로 "딸~" 하며 환하게 웃으시다가 수빈을 보시더니 얼굴에 웃음기가 싹 가셨다. 현경은 엄마의 표정에서 불안감이 엄습해 온다. 수빈이 해맑게 꾸벅 인사를 한다.

"안녕하세염~."

엄만 눈도 마주치지 않고 "네!" 하고 휙 들어가 버렸다. 현경은 민망해하며 수빈을 데리고 얼른 따라 들어갔다. 거실에 아빠랑 여동생이 수빈과 현경을 반기려고 서 있었다. 수빈은 혀 짧은 목소리로 아빠에게 인사를 하고, 편의점에서 급조한 선물 세트를 내밀었다.

"안녕하세염. 이거 내가 산 거예요. 내가요!"

미치겠다. 엄마는 순간 현경을 째려봤다. 꼭 말투가 생색내는 말투 같았다. 식은땀이 현경의 등줄기를 타고 흐른다. 현경의 식구들은 순간 영화에 나오는 조용한 가족이 되었다. 수빈이는 손님방에 짐을 풀었고 현경은 동생이 있는 작은 방에다 가방을 가져다 놓았다. 자상한 아빠는 수빈에게 오느라 수고했다며 배가 고플 테니 밥을 먹자고 했다.

"아~ 배고프다! 엄마, 밥 줘~"

현경은 큰 소리로 분위기를 전환해보려고 했지만 돌아오는 건 침묵 뿐이었다. 밥상이 들어왔다. 수빈은 씩씩하게 "잘 먹겠뜸니다."를 외쳤다. 사실 새벽에 출발한 현경과 수빈은 잠을 못 잤기 때문에 입맛도 별로 없었다. 엄마는 밥 잘 먹는 사람을 좋아하는데, 수빈은 밥도 깨작깨작 먹다가 반이나 남겼다. 평소 먹어보지 못했던 산나물 반찬이 많아 입맛에 영 안 맞았나 보다. 엄마는 그런 수빈을 못마땅하다는 눈빛으로 주시하더니 드디어 말을 걸었다.

"저기요~ 올해 몇 살이라요~?"

처음부터 세다.

"22살이용."

군대 간 현경의 남동생보다는 다행히 한 살 많다. 엄마의 한숨에 땅이 꺼진다.

"어!? 나보다 동생이네. 킥킥."

셋째 울보가 쑥 끼어들었다. 이 짧은 대화로 분위기가 정리됐다. 밥상을 물리고 차를 내왔다. 아빠는 염소 밥을 줘야 한다며 나가셨다. 거실엔 수빈과 세 모녀가 빙 둘러앉아 있었다. 또다시 공격이 시작됐다.

"저기요~"

"엄마, 수빈이야~"

현경이 말했다.

"그럴 순 없지! 초면인데~"

단호하게 되받아친다.

"저기요~"

또 느끼하게 부른다.

"예?"

"직업이 뭡니까?"

엄마들의 초 관심사, 직업과 연봉. 수빈이가 입을 열었다. 현경의 가슴은 조마조마했다. 그냥 친구라고 데리고 오면 편하게 대하실 줄 알았는데 현경은 자신의 나이를 잠시 잊고 있었던 걸 땅을 치고 후회했다.

"직업이요? 지금 직업은 없..."

"아티스트야! 지금 노래 만들고 예전에 가수도 했어. 실력 있어~"

현경이 재빨리 말을 가로막고 말했다.

"아티… 뭐?"

"예술가라고~"

"예술?! 뭔 예술을 하는데??"

"노래 작곡한다고 했잖아… 엄마는~"

현경이 짜증 섞인 목소리로 말하자 옆에서 수빈을 뚫어지라 쳐다보던 동생이 갑자기 끼어들었다.

"혹시… 레츠고 서틴 아니었어요? 거기에서 서틴!"

"예…"

울보는 갑자기 소리를 꽥 질렀다.

"꺄악~~!!! 나 레츠고 서틴 부산지구 팬클럽 간부였어요~~ 꺄악
~~!!"

울보 동생은 갑자기 사생 팬으로 빙의 되어 호들갑을 떨며 오버를 시작했다. 현경은 수빈에게 이런 꼴을 보이려고 데리고 온 게 아닌데… 그냥 편하게 밥이나 먹고 놀려고 데리고 온 건데… 수빈에게 미안했다. 화가 났을 거란 현경의 예상을 깨고 수빈이 신이 났다.

"맞아요!! 저 서틴에서 막내였어요. 저 기억하세요?"

"예!! 거기서 제일 잘 생겼었잖아요. 그 노래 있잖아요… 타이틀곡!!
어… 어떻게 불렀더라~"

갑자기 수빈이 노래를 한다.

"♪

컴 온 요!!

이런 나쁜 여자~yo!!

천벌을 받을 거야!

복수할 거야! yo!!

지옥 끝까지 쫓아가자. 레츠 고!!

♬"

뒷부분은 아예 둘이 합창을 하고 자빠졌다. 노래가 끝나자 둘이 하이파이브까지 한다. 찬찬히 지켜보던 엄마의 경계가 살짝 풀렸다.

"저기요~ 수빈이라고 했나?"

"예!!"

"그래~"

"엄마~ 편하게 생각해. 무슨 선보냐?! 우린 친구야, 친구 데리고 왔다고 생각해~ 그리고 어제 수빈이 밤새우고 운전해서 좀 쉬어야 해... 들어가자~ 수빈아."

현경은 겨우 수빈을 데리고 적지에서 탈출했다. 현경은 손님방에다 수빈을 눕히고 문을 닫고 나왔다. 엄마 눈에서 나오는 레이저가 강렬하다. 현경은 모른 척하고 들어가려다 딱 걸렸다.

"딸! 앉아~!"

복실이 훈련시키듯 부르셨다.

"미쳤나?? 새파란 거 델꼬 와서 우얄라고~ 젖 먹여서 키울 끼가?!"

엄마 눈에서 불이 난다. 아까의 교양이라곤 눈 씻고 찾아봐도 없다.

"작게 얘기해... 그냥 친구야~"

"결혼할 나이에 친구는 무슨 친구!! 너거 혹시... 그거 뭐야? 그거! 놀다 치우는 거~ 그거 뭐꼬? 그거 뭐꼬??"

울보가 쑥 끼어든다.

"엄마, 엔조이!! 엔조이!!"

"그래~ 엔, 조이야!! 정신 차리라, 가시나야~ 부산집 앞에 사는 니 친구 미숙이, 가는 이번에 치과의사랑 결혼한단다. 근데 내 딸은 딴따라랑 이기 무신 일이고? 얼굴 뜯어먹고 살 끼야? 니는 어릴 때부터 엄마 속 한번 안 썩이드만. 이기 뭐꼬?!!"

"그만해라~ 친구라고!! 나중에 얘기하자. 피곤타~"

현경은 방으로 들어가 문을 쾅 닫았다. 예상은 했지만 이 정도일 줄은 몰랐다. 현경은 며칠 동안 피곤하겠다 싶었다. 현경은 눈을 뜨자마자 수빈이가 걱정돼 나가보니 수빈의 방문이 열려 있었다.

현경은 마당으로 나갔다. 아빠가 마당에서 연기를 마셔가며 바비큐 할 준비를 하고 계셨다. 아빠는 오랜만에 현경이 서울에서 내려와서 그런지 부쩍 더 신경 쓰셨다. 숯을 만진 장갑으로 얼굴을 만지셨는지 코에는 시커먼 줄이 가 있다. 이렇게 자식들을 위해 항상 열심히 일하시는 아빠의 모습을 보며 현경은 가슴이 뭉클해졌다.

현경은 수빈을 잠시 잊고 한동안 쪼그리고 앉아 아빠의 모습을 물끄러미 쳐다봤다. 아빠의 뜨거운 부성애에 몰입하고 있는데 어디서 많이 들어본 듯한 괴성이 들렸다. 뒤통수가 싸~ 하다. 밭에서 나는 소리인 것 같았다. 아니나 다를까 수빈이가 투견 복실이에게 만화처럼 쫓기고 있었다.

"공주야~ 살려줘!! 악~~~"

얼굴이 사색이 되어 밭고랑 사이를 전력 질주하던 수빈은 곧 오줌이라도 지릴 표정이었다. 반면 복실이의 표정을 보니 물려고 하는 것 같진 않다. 수빈이랑 장난치며 놀자고 하는 것 같았다. 수빈이가 무서워하는 건 당연하다. 이름만 복실이지 이 개는 7년 된 핏불테리어다. 인상이 거의 조폭 수준이다. 이마에는 굵은 주름이 나 있고 눈은 피가 날 정도로 빨갛고 몸은 시커먼데다가 다리는 근육질에 이빨은 얼마나 날카로운지... 그리고 침까지 흘린다.

엄마 집에 도둑 한 번 안 든 게 다 이놈의 인상 때문일 것이다. 하지만 복실이는 지나가는 새나 닭, 염소 등의 다른 동물은 봤다 하면 물어 죽이지만 사람한테는 정말 온순한 녀석이다. 이런 성격은 다 엄마의 공이 크다. 어렸을 때부터 쭉~ 애를 개 패듯(?) 패서 지금까지 훈련이 아주 잘 되어 있다. 갑자기 예고 없이 엄마가 후다닥 현관에서 나와 복실이와 눈이라도 마주치면 녀석은 가끔 오줌도 지린다고 한다.

그런 순하디순한 놈이지만 처음 본 사람은 당연히 겁낼 만도 하다.

"복실아~ 이리와"

현경이 불렀다. 복실이는 꼬리를 흔들며 달려왔다. 복실이가 현경에게 간 줄도 모르고 수빈은 밭을 반 바퀴나 더 돌았다.

"수빈아~ 옷이 이게 뭐야? 언능 들어가서 옷 갈아입고 손 씻어~ 밥 먹자~"

그제야 수빈의 정신이 돌아왔다. 마침 멀리서 엄마랑 동생이 들어오고 있었다. 흙투성이에 땀을 뻘뻘 흘리는 수빈을 본 엄마는 혀를 찼다. 엄마는 저녁에 큰이모랑 십 년 동안 유학하고 있는 이모 아들이 인사를 온다고 해 울보를 끌고 사우나에 갔다 왔다. 하필 이럴 때 십 년 동안 한국을 안 찾던 이모 아들이 올 건 또 뭐란 말인가! 엄마는 흙투성이의 수빈을 보더니 얼굴이 또 어두워졌다. 현경은 제발 이 밤을 조용히 넘기고 싶었다.

이모 패밀리가 떴다. 엄마는 차 소리가 나자 뛰쳐나가셨다. 갑자기 밍크 조끼를 챙겨 입고. 현경은 이모네 뉴요커 아들을 초딩 때 보고 처음 보는 거라 생판 모르는 남 같았다.

거실에 큰 상이 펼쳐졌다. 아빠는 밖에서 계속 고기를 구우시고 엄만 오랜만에 만난 조카에게 관심이 집중되어 칭찬과 부러움의 멘트를 논스톱으로 쏟아내고 계셨다. 그러는 가운데 화장실에 간 수빈이 등장했다. 모두가 수빈에게 이목이 쏠렸다. 그러거나 말거나 고기냄새를 맑은 수빈은 기쁨에 얼굴이 상기되었다. 현경이 수빈을 소개하려는데 대뜸 뉴요커 사촌이 벌떡 일어나 수빈에게 힙합스타일로 주먹을 내밀었다.

경상남도 양산시 오촌리 산27번지에서 뉴욕스타일이 웬 방귀 뀌는 소리인가? 수빈도 얼떨결에 사촌에게 주먹을 내밀어 부딪쳤다. 주먹을 부딪치자마자 사촌은 수빈을 와락 끌어안고 등을 두드리며 반갑다고 난리를 쳤다. 순간 거실 안에 있던 사람들은 황당함을 금치 못했다.

'둘이 아는 사이인가?! 수빈이 집은 LA라고 했는데...'

이모 아들은 수빈을 안으며 말했다.

"이 새끼~!! 오랜만이다이~ 군대 갔다더니 씩씩하게 제대했구나. 오랜만에 보니까 못 알아보겠다이~ 나 기억나지?! 니가 고추 내놓고 당길 때 내가 니 꼬추 따 묵고 했자나~"

멘~~붕~~~ㅠ.ㅠ

현경도 한 번 못 따먹은 수빈의 꼬추를 이 사람은 언제 따먹었단 말인가?! 순간, 어두운 기운이 온 집안을 가득 채우고 있었다. 분위기가 이상하자 뉴요커도 아차 싶었나 보다. 수빈을 안던 그의 팔이 수빈의 어깨에 어정쩡하게 걸쳐져 있다. 마치 블루스를 추는 것처럼. 그때 엄마가 수습에 나섰다.

"호..호호... 야는~ 우리 집 막내아들이 아니고 현경이 친구인기라~ 호, 호..호..."

어색한 엄마의 웃음으로 해프닝은 마무리되었다. 고기 한 점 먹겠다고 기쁜 맘으로 나온 수빈은 졸지에 현경 집 막내아들이 되었고 성희롱까지 당하는 수모를 겪었다. 현경은 얼굴이 화끈거려 고개를 들 수가 없었고 엄마의 표정도 영 풀리지 않았다. 울보는 옆에서 키득키득대고 있었다. 수빈은 생각이 없는지 아님 없는 척하는 건지 고기가 맛있다며 고기에 환장한 놈 같이 입이 터지라 쌈을 싸 먹고 있었다. 상추에 큰 고기를 두 점씩 올릴 때마다 엄마는 수빈을 째려봤다. 현경은 이런 식은땀 나는 상황이 올 거라곤 생각지도 못했다. 서른이 된 현경은 처음으로 수빈에 대해 다시 한 번 생각하게 됐다.

'내가 이 아이를 만나고 있어도 되는 걸까? 이 아이와 꾸밀 미래가 있기나 한 걸까? 이러다 헤어지면 난 나이만 먹고 허송세월 보내는 건 아닌지... 꿀단지에 푹~ 빠졌다가 잠시 단지 밖 세상을 내다본 기분이다...'

설날 당일, 아침 일찍 차례를 지내고 모두 모여 떡국을 먹었다. 떡국을 먹자마자 엄마는 고속도로가 좀 있으면 막힐 거라며 빨리 출발하라고 하셨다. 현경은 시집간 언니와 조카를 보고 가고 싶었지만 기운이 빠져 그냥 차에 올랐다. 엄마도 섭섭하고 수빈도 미웠다. 쫓겨나듯 나온 현경은 서울로 올라가는 내내 한마디도 하지 않고 자는 척만 했다. 수빈에겐 미안했지만 현경은 그놈의 못된 성질이 또 다시 스멀

스멀 올라오는 걸 막을 수 없었다.

수빈도 별말을 하지 않고 운전만 했다. 집이 가까워지자 현경은 창밖을 바라봤다. 스쳐 지나가는 가로등 불빛의 개수만큼이나 많은 생각이 스쳐 지나갔다. 정말 사랑만으론 안 되는 걸까? 엄마 얼굴도 지나가고 수빈이 얼굴도 지나간다.

수빈은 말없이 현경을 데려다 주고 택시를 타고 집으로 돌아갔다. 넋을 놓고 집에 들어오니 세희가 있었다. 연휴가 짧아 이번엔 집에 못 간 세희는 거실의 벽을 짚고 말도 안 되는 웨이브를 하고 있었다.

"어? 일찍 왔네~"

"뭐하노…?"

"웨이브 되는 날 내는 회사 때려치우고 살사 강사 할 끼다."

현경 주변엔 정상을 찾기가 어렵다. 현경은 옷도 벗지 않고 침대에 대자로 누웠다. 천장만 멀뚱멀뚱하게 쳐다보고 있는데 방문이 스르르 열리고 세희가 고개를 빠끔히 내민다.

"와 이리 일찍 왔어? 집에서 뭔 일 있었남??"

세희는 슬그머니 방으로 들어오더니 현경 옆에 누웠다. 둘은 한참을 천장만 바라봤다. 세희는 현경을 기다려 줬다. 침묵하던 현경은 입을 열었다. 누구한테든 털어놓지 않으면 미쳐 버릴 것 같아 현경은 천천히 입을 뗐다. 처음 입 떼기가 힘들었지 시간이 좀 지나니 현경은 게거품을 물고 있었다. 현경은 결국 벌떡 일어나 앉아 열변을 토하기 시작했다. 얘기가 끝난 현경은 씩씩거리며 세희를 바라봤다. 세희가 조용히 말했다.

"싸랑하나...?"

"싸랑하지~ 근데..."

세희는 말을 이으려는 현경의 입술을 자신의 중간 손가락으로 막았다.

"쉿!!"

담배 냄새가 쩐다. 세희는 유유히 일어났다. 현경은 아직 하고 싶은 말이 많아 소릴 쳤다.

"야~!! 세희야~"

손가락을 놀리며 더 큰소리로 세희가 말했다.

"아닥!!(아가리 닥쳐)"

이 한마디를 남기고 그녀는 현경의 방을 나갔다. 현경은 다시 멍하니 천장을 바라보기 시작했다.

Episode 7.

사람에겐 숨길 수 없는 게 세 가지 있는데요. 기침과... 가난과... 사랑...

〈시월애〉 중에서

현경의 언니한테서 전화가 왔다. 그녀는 예상하고 있었다. 엄마는 분명 언니를 보자마자 울분을 토하며 뒷담화를 시작했을 것이다. 사실 엄마의 울분을 들어주는 건 쉬운 일이 아니다. 언니의 말에 의하면 TV를 틀어놓고 뒷담화를 하는데 연속극이 시작됐단다.

"아이고~ 내가 현경이를 어찌 키웠는데~~" 하며 우시다가 갑자기 정색하며

"저 시애미가 참 못된 년이야~" 하다가 다시

"아이고~ 아이고~ 헛똑똑이~ 헛똑똑이! 그놈 계속 만나면 행경이는 내 딸도 아이다. 아이고~" 하며 한참 울분을 토하다가 또 정색하며

"빙신~ 빙신!! 저것들이 친남매인 기라~"

이런 식으로 연속극 두 편을 봤단다. 현경은 언니에게 급 사과를 하고 수빈이는 걱정 말라며 안심시킨 후 전화를 끊었다.

언니와 통화를 끝내고 현경은 고민 끝에 수빈에게 전화를 걸었다. 현경은 잠시 생각할 시간을 갖자고 할 참이었다. 하지만 그건 현경의 본심은 아니다. 그를 테스트 해보고 싶은 마음이 더 컸다. 여자들은 그렇다. 생각할 시간을 갖자고 얘기하면서도 그런 시간 갖고 싶어 하지 않고, 헤어지자 말하면서도 지금 당장 보고 싶어 한다. 진짜 헤어지고 싶은 게 아니라 불안하고 때론 서운해서 그리고 사랑해서 이런 말을 하는 거다.

지금부터 번역 들어간다.

'시간을 좀 갖자. 우리 헤어지자'는 '제발, 내 맘 좀 잡아줘~'란 의미다.

현경이 드디어 전화를 걸었다.

"우리... 시간을 좀 가지자..."

수빈이가 한참 동안 말이 없다.

"뭐라고 공주야? 다시 한번 말해줄래...?"

그가 천천히 묻는다.

'어? 아무것도 아니야 헤헤' 라고 할까?

　순간 현경은 후회를 했다. 한 번 뱉은 말이니 자존심에 어쩔 수 없이 다시 얘기했다.

　"우리 생각할 시간을 좀 갖자고..."

　그가 또 한참 말이 없다. 잠시 뒤 한숨 소리가 들려왔다.

　"휴~ 알았어. 그럼 그렇게 해요..."

　현경은 섭섭해서 눈물이 왈칵 쏟아졌다. 내가 더 잘할 테니 그런 말 하지 말라고 잡을 줄 알았는데 현경의 예상은 완전히 빗나갔다. 현경은 갑자기 화가 치밀었다.

　"그래~ 그럼 잘 지내고 건강해. 음악 열심히 하고 나 끊는다."

　현경은 확 끊어버렸다. 그녀는 전화를 끊음과 동시에 후회했다. 하지만 이미 저지른 일... 수빈은 무슨 생각으로 알겠다고 한 걸까? 현경은 그의 생각이 궁금했다. 그리고 초조했다. 정말 이대로 끝나기라도 할까 봐... 불안한 자신의 마음 잡아달라고 투정부린 건데... 이제 현경은 어떻게 해야 할지 막막했다.

　일주일이 지났다. 수빈에게 문자 한 통 오지 않았다. 현경은 레알 멘붕 상태이다. 식욕과 성욕, 성취욕과 의욕... 욕구란 욕구는 모두 잃었다. 얼굴엔 표정이 없고 시체처럼 떠다닌다. 일주일이 더 지나니 그녀가 아프기 시작했다. 감기도 아니고 다친 곳도 없는데 그냥 몸이 아팠다. 아침에 눈을 번쩍 뜨면 손에 쥐고 잔 핸드폰을 열어본다. 메시지나

카톡 하나, 부재중 전화 한 통도 없다. 현경의 하루하루가 무겁다.

   딱 한 달째. 현경의 다크 서클이 발바닥까지 내려왔다. 오늘도 연락
이 오지 않으면 현경은 깨끗이 포기해야겠다고 생각했다. 왠지 오늘
은 수빈이 자신을 만나러 올 것 같다. 현경은 평소보다 1시간 일찍 일
어나 화장도 평소보다 더 공을 들여 하고 옷도 신경 써서 입었다. 일도
하는 둥 마는 둥하다가 퇴근 시간이 다가왔다. 현경은 점점 마음이 급
해졌다. 시계는 7시를 향하고 있었다. 현경은 빨리 가는 시곗바늘이
원망스러웠다. 7시 정각이 되니 직원들이 기다렸다는 듯 일제히 퇴근
했다. 현경은 자리를 뜰 수가 없었다. 혹시나 수빈이 자신을 만나러 회
사로 올까 봐... 오늘 이 자리를 뜨면 그를 영원히 만날 수 없을까 봐...
7시 30분, 그리고 8시... 현경은 그가 항상 있던, 자신을 기다리던 그
자리를 5분에 한 번씩 쳐다봤다. 한 손엔 핸드폰을 꼭 쥐고 오락실 두
더지처럼.

   한참을 앉았다 일어났다를 반복하니 다리가 아파 책상에 엎드렸다.
팔을 베고 엎드려 있으니 많은 생각이 스쳤다. 자신이 지금 뭘 하고 있
는지 한심스럽고 바보 같았다. 스르르 뺨을 타고 눈물이 흐른다. 그가
원망스럽기도 하고 자신이 바보 같기도 했다. 그러다 잠이 들었다.

   눈을 뜨니 12시가 넘었다. 얼굴은 다 찍히고 팔엔 침이 한강을 이
룬다. 현경은 포기하고 자리를 털었다. 집으로 가는 차 안, 왼쪽 볼

전체에 침 자국이 허옇게 떠져 얼굴이 땅기는 데도 흥분상태라 신경
이 안 쓰인다. 현경은 분해서 참을 수가 없었다. 자신에게 했던 다정한
행동들, 달콤한 말들, 사랑스러운 눈빛, 다 장난이었나? 그냥 순간일
뿐이었을까? 엄마 말대로 엔조이 밖에 안 되는 사이인가?? 라는 생각
들이 현경 머리를 꽉 채웠다. 혼자, 등신같이 혼자 사랑했다는 생각이
드니 현경은 화가 치밀어 올랐다.

흥분한 현경은 운전을 과격하게 했다. 창문을 다 닫아놓고 음악을
크게 틀고 소리를 질러댔다. 입을 쫙쫙 벌리고 눈을 크게 뜬 채 소리를
질러댔다. 좌회전하면서 "좌회전~ 악!!", 우회전하면서 "우회전~
악!!!", 직진하면서 "직진!~ 악!!! 악!!!!!" 현경은 그래도 분이 풀리지
않는다. 눈에 보이는 현수막을 죄다 읽었다.

"남성 고민해결 길~맨! 악~ 길어져라!! 목격자를 찾습니다~ 잡혀
라, 뺑소니 나쁜 놈아!!!!! 악! 악~!!!! 베트남 처녀와 결혼 1천만 원! 비
싸다!!!! 깎아줘라~ 악~!!!! 악~!!!!!"

하도 소릴 질렀더니 목소리가 담배 한 갑 피운 여자처럼 허스키해졌
다. 힘이 빠진 현경은 핸들을 꺾어 갓길에 차를 댔다. 그리고 고래고래
소리 내 울었다. 속에 있는 슬픔을 다 토해 내며 꺼억 꺼억 울었다. 핸
들을 치며 머리를 박아가며 현경은 그렇게 살풀이를 했다.

사흘이 더 지났다. 사랑하는 데 이유 없는 것처럼 이별하는 데도

이유가 없다. 사랑해서 사랑하는 거고, 덜 사랑해서 이별하는 거다. 누구 하나 절실함이 없어 이별하는 거다. 그럼 둘 다 절실함이 없기 때문에 이런 상태로 아무 일 없다는 듯, 밥 먹고 똥 싸고 잠자고, 이렇게 살고 있는 걸까? 겉은 아무렇지도 않은 척 웃고 있지만 마음은 점점 곪는다.

사람이 힘들 땐... 시간은 악의를 품고 더 천천히 지나간다.

매분 매 초가 하루 한 시간 같다. 현경은 미친년처럼 살풀이를 했는데도 수빈이 지워지지가 않는다. 이제 원망보단 걱정이 앞선다. 잘 지내고 있는지 아픈 덴 없는지 밥은 먹고 다니는지... 현경은 문득 이대로 뒀다간 수빈도 역시 과거의 추억이 될 것 같다는 생각이 들었다. 지금이 아니면, 지금 잡지 않으면 1년이 지나고 2년이 지나서 아무렇지 않게 잘 살다가도 어느 날 갑자기 땅을 치고 후회할지도 모른다는 생각이 들었다.

10년 20년 후 딸에게, '엄만 예전에 이런 아름다운 사랑도 있었단다.' 하고 향수에 잠겨 과거의 아름다운 조각처럼 수빈과의 사랑 얘기를 할지도 모른다는 생각을 했다. 현경은 그를 자신의 과거로 두고 싶지 않았다. 그냥 스쳐 가는 인연으로 만들고 싶진 않았다. 자존심 강한 현경은 고민했다. 하지만 지금 자존심이고 뭐고 본인부터 살아야 했다. 현경은 잘 지내다가도 심장이 터져 죽을 것만 같았다.

　자다 벌떡 일어난 현경은 몽유병 걸린 사람처럼 수빈의 집으로 향했다. 새벽 4시. 만나서 무슨 말을 해야 할지 그가 싫어하진 않을지 아무 생각 없이 그냥 현경의 발이 움직이고 있다. 수빈의 집에 불이 켜져 있다. 노숙자 옷에 얼굴엔 개기름이 좔좔 흐르고 동공도 풀린 현경은 아무런 망설임 없이 수빈이집 초인종을 눌렀다. 깔끔한 모습의 수빈이 문을 열었다.

　"누구..." 수빈의 말이 체 끝나기도 전에 현경은 그냥 집안으로 들어갔다. 현경은 소파 중간에 떡하니 앉아 바로 앞에 서 있는 수빈을 무서운 눈으로 노려봤다. 수빈은 학주한테 끌려온 문제아 마냥 열중쉬어 하고 고개는 땅으로 처박고 있었다. 현경은 수빈의 가마밖에 보이지 않았다. 현경이 입을 열었다.

　"내 눈 봐!"

　수빈이 스르르 고개를 들다 눈이 마주치자 다시 고개를 처박는다.

　"잘못했습니다..."

　"뭘?!"

　"잘못했습니다."

　"니가 뭘 잘못했는지 알겠어?!"

　그의 가마가 끄덕끄덕 움직인다. 아무 말 없이 그들은 학주와 일진 마냥 한참을 대치했다. 고개 숙인 수빈의 발 앞으로 물이 뚝뚝 떨어진다. 현경도 고개를 돌려 소리 없이 눈물을 쏟아냈다. 수빈의 가마가 얘기한다. 자신이 현경과 어울리지 않는 짝인 것 같아 연락하지 못했다고 몇 번이고 집이며 회사를 찾아갔지만 용기가 나지 않았다고 자길 찾아와줘서 너무 고맙다고. 바닥에 소나기가 쏟아진다.

현경은 그런 수빈을 안았다. 엄마한테 안긴 아이처럼 수빈은 엉엉 울었다. 현경도 그만 못 참고 울음을 터트렸다. 둘은 얼싸안고 눈물 콧물 범벅이 되어 오열했다. 쌍팔년도 영화를 찍고 어느 정도 감정을 추스른 현경은 화장실로 얼굴을 정리하러 들어갔다.

현경은 깜짝 놀랐다. 거울 앞엔 웬 노숙자가 코를 질질 흘리고 서 있었다. 현경은 정신이 번쩍 들었다. 그제야 샤워를 하고 이를 닦고 여자로 거듭났다. 현경은 도저히 옷은 그대로 입을 수 없어 큰 타월만 걸치고 나왔다. 훌쩍이며 아이처럼 손으로 눈물을 훔치던 수빈은 현경을 보자 눈이 동그래지더니 눈물이 쑥 들어갔다. 눈물은 쑥 들어가고 대신 수빈의 뭔가가 쑥 나왔다. 얼어붙은 수빈과 눈이 마주친 현경은, 불룩 나온 수빈의 트레이닝 복 아랫도리를 보고 빵 터져 버렸다. 수빈도 자신이 어이가 없는지 웃어버렸다.

수빈과 현경은 작은 스탠드 하나를 켜고 침대에 누웠다. 수빈의 팔베개를 베고 현경이 아이처럼 가슴에 폭 안겨있다. 수빈은 현경이 너무 사랑스러워 또 눈물이 그렁거린다. 현경이 고개를 들어 수빈을 바라봤다. 스탠드에 살짝 비친 그의 눈이 반짝인다.

현경은 다시 한 번 수빈을 꼭 안았다. 수빈이 현경의 머리에 입을 맞췄다. 현경은 고개를 들어 수빈의 입술에다 키스했다. 현경의 부드러운 혀가 수빈의 입안으로 들어가자 수빈은 현경을 받아들였다. 재회의 뜨거운 키스에 둘은 정신을 잃을 지경이다.

10분 정도 본능에 충실한 키스를 하다 보니 현경은 도저히 참을 수가 없었다. 수빈도 미칠 지경이었다. 현경이 키스를 하다말고 감싸고 있던 타월을 벗어 던졌다. 현경이 타월을 벗으니 속옷만 입고 있었다. 수빈도 서둘러 티셔츠를 벗었다. 급한 현경은 수빈의 바지를 벗겨버렸다. 수빈의 긴 다리에 걸려 한 번에 벗겨지지 않자 현경은 자신의 발가락을 이용해 비비면서 바지를 벗겼다. 그 바람에 수빈의 흥분도는 더 높아졌다. 현경과 수빈의 눈에서 불이 난다.

수빈은 그동안 수많은 악마와 싸우며 얼마나 자신을 채찍질했던가? 현경 역시 매일 허벅지를 찔러가며 혀를 깨물며 원치도 않는 수절을 해야만 했던가? 둘은 이 감격의 순간이 믿어지지 않았다. 이미 현경과 수빈은 눈에 뵈는 게 없다. 수빈이 현경의 브래지어를 풀려고 시도했다. 등에 손을 대고 더듬더듬 훅을 찾자 현경은 수빈의 손을 잡아 앞으로 갔다 댔다. 그래도 수빈이 어리버리 하자 현경은 앞에 달린 고리를 셀프로 풀어 버렸다. 브래지어 안에 갇혀 있던 현경의 하얗고 탐스런 가슴이 브래지어 고리가 풀림과 동시에 덜렁! 세상 밖으로 나왔다. 현경의 가슴을 본 수빈의 눈이 튀어나올 것만 같다. 급한 현경은 정신을 못 차리는 수빈의 팬티를 벗겼다. 터질 듯한 수빈의 XX에 팬티가 걸렸는데도 현경은 이성을 잃고 힘으로 팬티를 잡아당기자 수빈이 아프다고 소릴 고래고래 질러댔다. 그제야 현경은 수빈의 XX에 걸린 팬티를 조심스레 걷어 올려 밑으로 내렸다. 팬티가 벗겨지자 수빈도 현경의 팬티를 부랴부랴 벗겼다. 실오라기 하나 걸치지 않은 두 사람은 서로를 보며 심호흡을 깊이 했다. 그리고 둘 다 동시에 서로에게 올라타려고 하다 머리가 부딪쳤다. 머리에 별이 반짝인다. 둘은 또 웃음이 터졌다. 현경은 손짓으로 '니가 올래 내가 갈까?' 라는 수신호를 보냈다. 수빈은 '올라타!!' 라는 수신호로 답변했다. 현경은 손으로 오케이를 보내고 수빈의 위로 번쩍 올라갔다. 수빈의 배 위로 현경이 올라타자 수빈은 개구리처럼 쫙 깔렸다. 현경은 올라타 수빈의 가슴을 손으로 더듬었다. 수빈의 온몸에 전율이 흐른다. 현경은 입술에 침을 묻혀가며 수빈의 온몸을 입술로 쓰다듬었다. 뒤집힌 수빈의 눈동자는 이미 검은 동공을 상실했고 흰자위만 간간이 보였다. 현경은 정신을 잃은 수빈의 따귀를 몇 차례 때렸다. 그랬더니 수빈은 더 좋아하며 뒤로 넘어간다. 현경은 이참에 수빈을 죽여줘야겠다며 이를 꽉 깨물었다. 수빈의 비명이 온 집안에 쩌렁쩌렁 울린다.

피곤에 지친 현경이 발가벗은 채 대자로 널브러져 있다. 그 옆에 수빈은 이불로 몸을 감싸고 쪼그려 앉아 있었다. 수빈의 머리는 쑥대밭이

되어 있고 볼은 수줍게 발그레하다. 희죽 희죽 웃는 수빈의 모습이 영

락없는 새색시다. 현경의 코 고는 소리가 메아리친다.

Episode 8.

사랑하기 때문에 사랑하는 게 아니라,

사랑할 수밖에 없기 때문에 당신을 사랑합니다.

〈번지 점프를 하다〉 중에서

몸과 마음이 다 잘 맞는 수빈과 현경은 예전보다 사이가 더 좋아졌다. 시도 때도 없이 현경이 올라타, 수빈의 살이 조금 빠진 게 문제지만 비 온 뒤 땅이 굳는다고 둘의 애정도 지수는 200%로 올라갔다.

둘은 새로운 마음으로 처음 데이트한 장소를 찾았다. 현경이 수빈의 손수건을 쓰리한 미사리로. 전날 밤 현경과 수빈은 환상의 잠자리를 한 다음, 새벽부터 일어나 같이 김밥도 싸고 커피도 담고 기분 좋게 소풍 준비를 했다. 초심으로 돌아가자는 아름다운 취지에서 기쁜 마음으로 미사리를 다시 찾았다. 날씨가 많이 풀려 꽤 따뜻했다. 담요를 깔고 피크닉 가방에 싸온 도시락을 먹고 책도 읽고 잠시 낮잠도 잤다. 달콤하고 여유로운 피크닉에 둘은 입이 찢어질 듯 행복했다.

집으로 돌아가는 차 안 수빈이 급하다며 차를 갓길에 대라고 호들갑을 떤다. 현경은 소변이 마렵다는 줄 알고 올림픽대로에서 안전한 갓길에 차를 댔다. 차를 대자마자 수빈은 비상등을 켜더니 옷을 벗기 시작했다. 현경이 어이없이 수빈을 쳐다보자 어깨를 털며 ‘아잉~’ 하며 애교를 떨어 댔다.

사실 수빈은 현경을 통해 남자로 새로 태어났다. 제대로 된 경험이 없었던 수빈에게 현경은 빛과 같은 존재였다. 현경은 수빈에게 새로운 세상을 눈 뜨게 해준 스승이자 그의 리더였다. 그래서 수빈은 현경을 바라보는 것만으로도 팬티가 터질 것 같았다.

개인차가 있지만 남자는 20대 초반, 여자는 30대 초반이 인생에서 가장 성욕이 왕성하고 불탄다는 연구결과가 나왔다. 그러니 이 둘을 누가 말리겠는가? 타이어에 바람이 남아나질 않는다.

1라운드 둘 다 K.O다. 게임을 끝낸 선수들은 다리가 풀리고 녹초가 됐다. 몸과 마음과 팬티를 추스르고 수빈과 현경은 잠시 한강의 야경을 즐겼다. 오디오에선 〈To my princess〉가 흘러나왔다. 수빈이 자신의 어깨에 기댄 현경의 머리를 쓰다듬어주고 있다. 수빈이가 오랜 침묵을 깨고 입을 열었다.

“저기… 공주야.”

“으응~”

“있잖아… 미리 말했었어야 했는데…”

갑자기 현경의 뒷골이 싸~하다. 수빈이가 한참 뜸을 들였다.

"공주야, 나 일본에서 연락 왔어…"

현경의 얼굴도 못 보고 수빈은 개미만한 목소리로 얘기했다.

"어? 진짜?! 너보고 같이 일 하재??"

현경은 기쁜 맘에 목소리가 높아져 수빈에게 물었다.

"응… 계약하자고…"

"진짜? 와! 와~ 진짜 잘 됐다! 와! 와!! 이제 진짜 스타네~ 일본에서
활동하면 돈 많이 벌겠다! 축하해 진짜! 이런 날이 올 줄 알았다니까!
진흙 속의 진주는 언젠가는 빛이 난다고 했잖아~ 수빈이 짱! 이제 엄
마한테 큰 소리 떵떵 쳐도 되겠다. 히히!"

현경은 내 일 마냥 기뻤다. 혼자 업 된 현경과 반대로 수빈의 얼굴이
어둡다.

"나… 다음 달에 일본으로 가야 해…"

현경의 가슴이 덜컹한다.

"어…? 가서 살아?"

"응… 공주랑 떨어져 있는 동안 일본 관계자들이 한국으로 왔었어.
회사에서 숙소도 마련해준대…"

"어?! 그럼 우리 못 보는 거야?? 얼마나?? 설마… 일본에서 이제 계
속 사는 거야?"

"그게… 계약은 3년이야. 3년 뒤에 잘되면 계속 연장 계약하고

아니면 돌아오겠지. 그때가 돼 봐야 알아~ 지금 확실한 기약은 없어... 3년 동안 일본에 있어야 한다는 것 말고는...”

“머~~어?! 3년!!!”

현경은 앞이 캄캄해졌다. 한 달 정도 떨어지고도 생명의 위협을 느꼈는데 3년이라고?? 현경은 3년이란 말에 온몸이 마비된 듯 아무 말도 못하고 굳어 있었다. 수빈이 슬그머니 현경의 손을 잡으며 얘기했다.

“내가 3년 동안 열심히 해서 꼭 유명해져 한국으로 올게. 3년 후에 한국으로 와서 내가 톱이 될 거야! 톱이 되는 날, 많은 사람 앞에서 온 세계 여자들이 다 부러워할 정도로 공주에게 멋진 프러포즈를 할 거야. 그 순간, 오직 그 순간만을 위해 나 열심히 할게! 공주야 응원해줘”

현경은 다시 멘붕이 됐다. 섹스 잘하고 이게 뭔 난리인가?!

“공주야~ 공주에게 미리 얘기 안 하고 결정해서 미안해. 나도 많이 망설였어. 그냥 사랑하는 공주랑 한국에 있을까도 생각해봤지만 공주를 만나면서 나 절실히 느꼈어. 내가 능력을 키우고 힘을 키워야 공주 같은 멋있는 여자랑 오래오래 행복하게 만날 수 있다는 걸. 그래서 과감하게 선택했어. 공주와 나의 밝은 미래를 위해서... 음악?! 물론 나한테 너무너무 소중한 거야. 이제껏 해본 일이라곤 음악밖에 없고 할 수 있는 것도 음악밖에 없어. 부모님과도 음악 때문에 사이가 틀어졌지만, 난 음악을 포기할 수 없었어. 그만큼 음악 없이는 난 못 살아. 일본은 음악을 할 수 있는 조건이 아주 좋아~ 내가 계약할 회사도 일본

최고의 음반회사야. 나에겐 정말 하늘이 내려준 기회라고 생각해. 하지만 그런 음악보다 나에겐 지금 공주가 비교할 수 없을 만큼 더 소중해. 만약 지금 내가 한국에서 어느 정도 인정받고 있었다면 공주와 생이별을 하면서까지 일본에 가진 않을 거야. 이건 진심이야! 날 믿어줘. 일본에서 꼭 성공해서 훌륭한 가수가 아닌, 아티스트가 돼서 한국으로 돌아올게. 3년 후에 재계약을 하게 될 땐 무조건 한국 활동을 할 수 있게 계약서도 그렇게 쓸 거야. 미리 얘기했는데 일본회사에서도 한국 활동은 찬성이래. 공주야, 나 믿지?! 제대로 음악 해서 공주에게 돌아올게. 난 이제 공주밖에 없어~!! 예전엔 음악밖에 없었지만, 지금은 공주를 위해 음악을 택한 거야. 공주 부모님에게도 떳떳할 수 있게... 나 믿어줄 수 있지!?"

수빈은 진지한 눈빛과 호소력 있는 말투로 진심을 담아 얘기했다. 현경은 3년이란 말에 가슴이 무너져 내렸다. 머리로는 쿨 한 척 보내야 한다고 생각하지만 가슴으로는 그를 잡고 싶다. 몸이 멀어지면 마음도 멀어진다는데... 이제 겨우 섹스를 텄는데... 현경은 마음이 아팠다.

"응... 알았어. 울 애기는 잘할 거야 난 믿어!"

"고마워 공주야 진짜 고마워~~"

수빈은 기뻐하며 현경을 껴안았다. 현경의 속이 시커멓게 타는 줄도 모르고...

수빈이 출국하는 당일, 현경은 공항에 가지 않았다. 쌍팔년도 영화를 찍기 싫어서이다. 그리고 사실 현경은 3년이란 시간을 버틸 자신이 없었다. 수빈이가 없는 외로움, 쓸쓸함, 고독... 혼자서는 이겨낼 수 없을 것 같았다. 그녀는 벌써 그 고통이 느껴져 두렵다.

"장현경~ 장현경씨~"

"네... 전데요?"

인포메이션 앞에서 퀵서비스 아저씨가 현경의 이름을 불렀다. 정신을 차린 현경은 얼떨결에 호명돼 큰 상자를 받아 들었다.

"어디서 왔어요?"

"이수빈 씨가 보냈는데요~"

"예?!"

'수빈이가...?

"착불입니다. 만 원이요~"

수빈이가 착불로 뭔가를 보냈다. 착불로~ ^^; 아무튼 만 원을 주고 상자를 책상 위에 올렸다. 현경의 손이 떨린다. 상자를 조심스레 열어 보았다. 안에는 두 개의 상자가 있었다. 위에 있는 작은 상자는 낯이 익다. 수빈이 집에 처음 간 날 사랑의 책을 넣고 잠갔던, 서로에게 위기가 닥칠 때 힘들어질 때 그때 꺼내보자 했던 그 상자였다.

현경은 항상 가지고 다니던 조그만 열쇠를 꺼내 상자를 열었다. 책 두 권이 예쁘게 포개져 있었다. 현경은 책을 나란히 놓고 동시에 펼쳐

보았다. 같은 질문에 수빈이가 쓴 답과 현경이 쓴 답을 함께 봤다.

질문: 널 처음 보았을 때 나는?

현경: 완죤 잘생겼음! 침 질질~~^^ㅋ

수빈: 지적이고 도도해 보여 쉽게 다가가기 힘든 사람인 것 같았어~ 하지만 이젠 그게 공주의 진짜 모습이 아니라는 걸 알아. 공주는 따뜻하고 정 많은 여자야. 사랑해~♥.

질문: 난 너와 이런 사랑을 하고 싶어~

현경: 욕정이 불타는 사랑~ㅍㅎ!ㅋ

수빈: 난 공주와 거짓 없는 진실 된 사랑을 하고 싶어~ 약속할 수 있어! 항상 진심으로 공주를 사랑할게~♥

질문: 10년이 흘러도 100년이 흘러도 절대 이것만은 변하지 않을게.

현경: 나의 아름다운 미모?! ㅋ

수빈: 널 향한 나의 이 마음... 절대 변하지 않을게!! 영원히 사랑해♥

질문: 내가 널 사랑한다고 느낄 때는?

현경: 옷 예쁘게 입고 멋있을 때~^^

수빈: 지금 이 순간, 니가 귀엽게 숨어서 책을 쓰는 뒷모습만 봐도, 같이 있을 때나 떨어져 있을 때도, 자기 전에도 자고 일어나 눈을 뜰 때도, 맛있는 걸 먹을 때 니 생각부터 나는 날 볼 때도, 좋은 거 보면 해주고 싶은데 못해주는 나 자신이 한없이 미울 때도, 앞으로 돈 많이 벌어서 너한테 좋은 선물 많이

해주고 그걸 받고 기뻐할 니 모습에 행복해지는 날 볼 때도... 언제나 어디서나 누구랑 있든 내가 뭘 하든, 난 항상 공주를 사랑하고 있다는 걸 느껴... 사랑해 공주야~♥

질문: 너한테 받고 싶은 선물 3가지!

현경:

1: 집

2: 차

3: 명품 가방

수빈:

1: 너의 밝고 해맑은 미소 (지금처럼 언제나 변함없이 나에게 선물해줘~)

2: 작은 것에도 기뻐할 줄 아는 너의 순수함 (오늘 밥 별로인데 맛있다며 너무 좋아하는 니 모습 너무 귀여웠어~ 조금만 기다려. 내가 돈 많이 벌면 좋은 선물 진짜 많이 해줄게~ 미안해. 그리고 사랑해, 공주야...)

3: 변치 않는 너의 영원한 사랑. (나 역시 죽을 때까지 변치 않을게~ 사랑해!!♥)

현경은 읽는 내내 눈물이 났다. 장난처럼 쓴 자신과 달리 수빈의 책엔 진심이 묻어 있었다. 정신을 차리고 상자 안에 있던 다른 박스를 열어 보았다. 검고 큰 박스는 낯이 익은 상자였다. 설마 설마 하며 상자 뚜껑을 열어보니 현경은 도저히 입을 다물 수가 없었다. 그녀는 뚜껑을 손에 잡은 채로 한참을 바라봤다. 박스 안에 있는 건 다름 아닌 현경이 갖고 싶었던, 겨우내 노래를 부르며 심지어 잡지를 찢어 사진을 갖고 다니던 그 '샤넬 백'이었다.

언젠가 수빈과 커피를 마시며 생각 없이 잡지를 보여주면서 '이쁘지?? 이쁘지?!' 하며 코앞에다 보여준 적이 있었다. 수빈은 현경이 갖고 싶어 하는 걸 사주지 못해 내내 맘에 두고 있었던 거다.

'나이는 똥구멍으로 먹는지...'

현경은 자신이 부끄러웠다. 가방을 보자마자 가슴에 부둥켜안고 엉엉 울었다. 혹시 눈물이 가방에 떨어질까 신경 쓰면서. 현경에겐 수빈이 직접 산 이 가방의 가치는 아랍의 석유 부자가 동남아 섬을 선물해 주는 것보다 훨씬 컸다. 자세히 보니 가방 밑에 편지가 한 장 있었다. 한 손으론 샤넬을 조심히 부여안고 한 손으론 편지를 읽었다.

'사랑하는 공주야~ 진작 사주고 싶었는데 이제라도 선물할 수 있어서 기쁘다~^^ 근데 나 이거 사느라 현금을 다 써서 택배는 착불로 보냈어~ 용서해줘~^^; 지금 공항 가려고 준비하고 있어요. 공주를 못 보고 간다고 생각하니까 가슴이 너무 아프다... 그래도 괜찮아~ 내가 못난 놈이니까 그런 건데 뭐~^^ㅎ 난 공주 원망하지 않아요~^^ 하지만 공주가 날 기다리든 아니면 못 기다리든 난 내가 한 약속은 꼭 지킬 거야!! 내 욕심이겠지만 그런 날 지켜봐 줬으면 좋겠어. 일본 가서도 연락 자주 하고 계속 편지도 할게~ 공주는 시간 될 때 10번에 한 번 정도 답장해줘요~ 지금의 공주 마음 이해해요... 강요하지 않을게.

앞으로 내가 어떻게 하느냐에 따라 달린 거라고 믿어. 공주도 날 사랑하지 그치?! 공주야, 나 아무것도 안 바랄게~ 그냥... 날 지켜봐줘. 널 위해 노래할게! 널 위해 잘될게! 그래서 널 위해서 뭐든지 다 할 수 있는 남자가 될게!! 나 없다고 매일 밥 사 먹지 말고 커피도 좀 줄이고 운전도 조심히 하고 일도 너무 피곤하게 하지 말고... 그리고 나 없으니까 아프지도 말고 밥 잘 먹고 건강히 잘 지내야해~ 항상 행복한 생각만 하면서... 공주야~ 미안해! 공주를 두고 갈 수밖에 없는 날 용서해... 하지만 공주야~ 이거 하나만 알아줘! 난 당신 하나만, 장현경 너 하나만 사랑하면서 살 거야. 하늘에 맹세해!! 사랑해, 공주야! 사랑해~!!'

현경은 편지를 읽자마자 책 두 권과 샤넬을 들고 주차장으로 뛰었다. 점심시간 즈음이라 엘리베이터가 1층에서 올라올 생각을 하지 않자 현경은 계단을 미친 듯이 뛰어 내려갔다. 차에 시동을 걸고 김포공항으로 밟았다. 지금처럼만 가면 출국 게이트로 들어가기 전에 만날 수도 있을 것 같았다. 그런데 여의도 부근에서 차가 막히기 시작했다. 현경은 비상등을 켜고 빵빵거리며 액셀을 밟았다. 갓길로 갔다 차와 차 사이를 비집고 들어갔다 별을 뛰었다. 잠시 후 정체가 풀리자 현경은 미친 듯 액셀을 밟아댔다. 그녀는 카레이서처럼 질주했다. 내비게이션에서 속도를 줄이라고 시끄럽게 했지만 카메라에 찍히든 말든 무시

했다.

　평소에 그렇게 무섭던 속도위반 딱지가 지금은 그리 중요한 게 아니다. 현경은 지금 눈앞에 뵈는 게 아무것도 없었다. 단지 수빈이 얼굴을 보고 보내야 한다는 그 생각뿐이었다. 공항으로 들어서자마자 주차장에 차를 세우지도 않고 바로 입구에다 차를 세우고 내려버렸다. 주차요원 아저씨가 소릴 지르는데도 쳐다보지도 않았다. 현경은 수빈을 못 볼까 가슴이 조마조마했다. 사람들을 제치며 미친 듯이 에스컬레이터를 뛰어 출국 게이트가 있는 3층으로 올라갔다. 한 손에는 샤넬 백과 한 손에는 그들이 쓴 책을 들고.

　현경은 뛰면서도 두리번거렸다. 일본사람들이 많아 공항 안은 시끌시끌했다. 에스컬레이터에서 내려 출국장 쪽을 보니 수빈이가 여권을 공항 직원에게 보여주고 있었다. 여권을 검사하고 출국검사장으로 들어가는 자동문까지는 몇 발자국 되지 않는다. 현경은 차마 입이 떨어지지 않아 심호흡을 크게 한 번 하고 수빈의 이름을 부르려고 하는 찰나, 수빈이 뒤를 돌아봤다. 서로를 한 번에 발견한 현경과 수빈은 숨이 멎는 듯했다. 현경은 뛰었다. 수빈도 여권검사장 낮은 철망 앞으로 몸을 기댔다. 둘은 허리까지 오는 철망을 사이에 두고 뜨거운 포옹을 했다. 수빈이 현경의 얼굴을 양손으로 잡았다.

　"공주야 못 온다더니...ㅜㅜ"

　"미안해... 엉엉"

현경은 얼굴을 잡힌 채 눈물, 콧물을 흘렸다. 수빈은 손으로 현경의 눈물을 닦아주고 코도 손수건을 꺼내 닦아주었다. 수빈의 손수건은 현경이 쓰리한 도라에몽 손수건이었다.

"이거 어디서 났어?"

"공주 차에 있던데~^^"

그때 코를 한 바가지 묻힌 손수건이 뽀송뽀송하다. 현경은 창피해 얼굴이 빨개졌다. 현경의 얼굴을 다시 잡은 수빈은 현경의 입술에 천천히 다가가 키스를 했다.

"공주야~ 사랑해…"

현경의 눈에 또 눈물이 그렁했다.

"돈 많이 벌어와~ 그래서 벌킨 백 사줘~

현경이 울먹이며 말했다. 수빈은 고개를 끄덕이며 다시 한 번 입맞추었다. 현경은 들고 있던 책을 한 권 줬다.

"이거 읽으면서 내 생각해… 나도 그럴게~"

책을 주면서 현경은 수빈의 손을 잡았다. 그것도 잠시, 탑승 방송이 나오자 현경은 잡고 있던 수빈의 손을 놓아주었다. 현경은 돌아선 수빈을 다시 한 번 불렀다.

"수빈아~ 나도 사랑해~~ 몸 건강히 다녀오고 밥 잘 먹고… 사랑해 ~사랑해~~~"

현경이 눈물을 흘리며 소리쳤다. 수빈의 눈에서도 눈물이 흘렀다.

그는 팔로 하트를 만들고 다리도 오자로 만들어 대답했다. 그리고 그
들은 잠시 서서 서로의 눈을 바라보았다. 눈에 눈물이 고여 있었지만
서로 밝은 미소를 잃지 않은 채, 촉박한 시간에 수빈은 고개를 돌렸다.
그리고 뒤도 돌아보지 않고 문을 통과해 들어갔다.

　현경은 수빈의 뒷모습을 멍하니 바라봤고 문이 닫히자 현경은 무너
져 내렸다. 현경은 바람이 불지 않는데도 눈물이 났다. 분명 실내인데,
바람 한 점 불지 않는데, 현경은 강풍을 맞은 것처럼 하염없이 눈물을
흘렸다. 그렇게 현경은 사랑하는 수빈을 보냈다.

Epilogue.

사랑하는 법을 알려줘서 고마워 또 사랑받는 법도...

〈이프 온리〉 중에서

보고 싶다.

햇살 좋은 날엔 햇살이 좋아 보고 싶고

비 오는 날엔 비가 와서 보고 싶고

기분이 좋은 날엔 널 보면 더 행복해져서 보고 싶고

기분이 우울한 날엔 너랑 함께 있음 우울한 기분을 잠시 잊어버릴 수

있어서 보고 싶어.

맛있는 걸 먹으면 네 생각이 나서 보고 싶고

배가 고플 땐, 너랑 먹음 어떤 음식이든 훨씬 맛있어 보고 싶어.

재밌는 영화를 볼 땐 너의 어깨를 치면서 깔깔 웃고 싶어 보고 싶고

슬픈 영화를 볼 땐 내 눈물 닦아준 네가 생각나 보고 싶어.

좋은 일이 생김 젤 처음 너에게 말해주고 싶어서 보고 싶고

힘든 일이 있을 땐 말없이 넓은 어깰 내주던 네가 보고 싶어.

바람이 불면 내 머릴 넘겨주던 네가 생각나 보고 싶고

더운 날엔 웃으며 내 짜증 다 받아주던 니가 생각나 보고 싶어.

잠들기 전에 코에 침을 몰래 발라가며 팔베개해주던 네가 보고 싶고

잠에서 깨면 부은 내 얼굴 보면서 세상에서 젤 섹시하다고 말해주는 네가 보고 싶다.

술을 마신 날엔 얼굴이 빨개지는 내가 귀엽다며 뽀뽀해주던 네가 보고 싶고

괜히 심술이 나는 날엔 트집 잡아서 화를 내도 무조건 미안하다 사과하던 네가 보고 싶다.

헤어지잔 말 입버릇처럼 해도 내가 더 잘하겠다며

웃으며 내 기분 맞춰주던 네 얼굴 생각나 네가 보고 싶어...

길을 가다가도 문득 보고 싶고, 티브이를 보다가도 보고 싶어.

책을 읽다가도, 친구랑 커피를 마시다가도 운동을 하다가도 밥을 먹다가도,

Epilogue.

생각 없이 웃다가도 니가 보고 싶어.

눈 뜨고 있는 동안 아니, 꿈에서마저도 온 종일 네가 보고 싶어...

현경은 사무실에 엎드려 쓸쓸히 펜을 끼적였다.

수빈이 일본에 출국한 지 일 년이 지났다. 현경은 회사에서 승진도 하고 업계에서도 인정받는 다크호스로 떠오르고 있었다. 수빈이도 1년 정도 트레이닝 과정을 마친 뒤에 일본 가요계에 정식으로 데뷔해 성공적인 싱글을 냈다.

서로의 일이 바빠 시간을 쪼개고 쪼개 1년에 네 번 만났다. 봄, 여름, 가을, 겨울. 짧으면 삼일, 길면 닷새 동안 그들은 일본과 한국에서 함께할 수 있었다. 그들은 같은 하늘 아래 함께 없다는 사실만으로도 힘들었다.

현경은 일을 하다가도 문득 수빈이 생각날 때면 감정 주체할 수 없어 화장실로 달려갔다. 혼자 있을 때면 더 견디기 힘들었다. 운전을 하다가도 너무 울어 갓길에 차를 세운 게 한두 번이 아니었다. 비싼 돈 들여 다이어트 식품까지 사 먹으며 용을 써도 빠지지 않던 몸무게가 자연스럽게 3킬로그램이나 줄었다.

잠들기 전엔 그가 보고 싶어 울다 지쳐 잠들기 일쑤였고 보고 싶은 맘에 비행기 티켓을 몇 번이고 예약하고 취소하고를 반복했다. 맘이 공허해 주말이면 혼자 미사리 조정경기장을 찾아가 호수를 바라보며 그와 함께했던 추억을 떠올리기도 했다.

집에 있을 땐 넋이 나간 사람처럼 그와 함께 찍은 사진이며 편지들을 보고 또 보고 읽고 또 읽곤 했다. 그러다 수빈이가 한국에 올 수 있는 스케줄이 잡히면 그때부터 세상이 그렇게 행복하고 즐거울 수 없었다. 그리고 수빈을 기다리는 공항에선 심장이 터질 것만 같이 벅찼다.

그들이 함께하는 짧은 시간은 하루가 한 시간 같았다. 그리고 다시 이별하는 공항에선 가슴이 내려앉는 듯 심장이 아팠다. 말로 표현할 수 없는 아쉬움과 다시 혼자가 된다는 두려움... 그를 이제 또 한동안 볼 수 없다는 괴로운 현실에 다시 고통이 밀려왔다.

수빈 역시 현경과 똑같은 마음이었다. 하지만 그들은 서로가 힘들어할까봐 감정을 최대한 감추고 웃는 얼굴로 공항에서 이별을 했다. 누군가 등을 보이고 출국장 자동문이 닫히면 그때부터 그들은 무너지는 가슴을 주체할 수 없어 다리에 힘이 풀렸다. 보내는 사람도 떠나는 사람도 가슴이 아픈 건 마찬가지였다.

한 사람을 사랑한다는 게 이렇게 힘든 건지 상상조차 못했다. 입술이 바짝바짝 타들어가고 피가 마른다. 아무것도 못하게 하고, 아무것도 못 먹게 하고, 잠도 못 자게 하고, 자신도 모르는 사이 정신 줄을 놓게 할 만큼 사랑이 이렇게 위협적인 건지 몰랐다.

그들은... 사랑이 이렇게 아픈 건 줄 몰랐다. 현경과 수빈은 멍하니 1년을 보내고서야 서로가 없는 현실을 가까스로 인정했다. 그리고 그

Epilogue.

현실 속에서 살아갈 방법을 찾으려 노력했다.

그러는 사이 수빈은 '뮤'라는 이름으로 정식 데뷔를 했고 현경은 실장이 됐다. 현경의 승진도 승진이지만 수빈은 일본에서 싱글을 내자마자 대박이 났다. 일본의 최고 음반기획사에서 앨범 홍보비만 100억 가까이 쏟아 부은 첫 쇼 케이스 티켓은 오픈하자마자 매진사례를 낳았다. 그의 기록은 한국에도 소식이 전해져 모든 포털사이트 검색어 1위에 올랐다.

시부야나 하라주쿠 같은 번화가의 전광판에는 수빈의 뮤직비디오가 하루 종일 흘러나왔고 첫 싱글 판매는 한 달 만에 50만 장이라는 어마어마한 판매고를 올리며 발매되자마자 오리콘 차트 1위라는 기염을 토했다.

수빈이 바빠진 관계로 현경은 겨우 통화만 가끔 하며 위로를 삼았다. 그의 성공에 자신은 더 외로워졌지만 그를 넓은 세상으로 보내길 잘했다는 생각이 들었다. 현경은 그가 행복하길, 그가 잘되길 진심으로 바란다. 그가 정상에 섰을 때 설령 자신을 외면할지라도…

현경이 이렇게까지 생각하는 건 어쩜 그를 자신보다 더 사랑하기 때문일지도 모른다. 자기밖에 모르는 개인주의의 최고봉 '장현경'이 이렇게 180도 바뀌었다. 어느 날 현경의 친구들이 힘들어하는 현경을 보며 이런 얘기를 했다. 수빈이가 잘 돼서 만약 배신을 하면 자기들이 가만히 안 있을 거라고. 현경은 친구들에게 이렇게 말했다.

수빈이가 잘돼서 유명한 스타가 된 뒤 갑자기 자신에게 연락을 끊는다 해도 현경은 괜찮다고~ 현경이 그에게 해준 보잘것없는 것보다 그는 자신에게 훨씬 더 많은 걸 줬다고. 그래서 괜찮다고. 오히려 그에게 고맙다고…

현경은 진심이었다. 그래서 혹시라도 수빈이가 자신을 외면한다고 해도 수빈이 욕은 안 했으면 좋겠다고. 그랬더니 친구들이 드디어 미쳤다고 했다. 누가 무슨 말을 하건 현경에게 수빈은 그런 존재였다. 그녀에게 '사랑'이란 걸 가르쳐 준… 지금 이 순간에도 현경은 수빈이 사무치도록 그립다.

하루하루는 무기력하고 지루하게 겨우 지나간다. 하지만 이상하게 한 달은 눈 깜짝할 사이에 지나고 지나 2년이란 세월이 흘렀다.

수빈이 데뷔하고 나서는 좀처럼 연락이 되질 않았다. 일 년 동안 겨우 두 번 만난 게 다였다. 서로의 얼굴을 마주 보고 눈을 맞추고 손을 잡고 볼을 쓰다듬고 말없이 어깨에 기대 서로를 느끼고 장난치며 웃고 체온을 느끼며 포옹하고 조심스레 가슴 떨리는 키스를 했던, 그 행복했던 시간은 이제 없다.

어느 날 현경의 사정을 잘 모르는 친구에게서 전화가 왔다. 수빈이가 또 오리콘 차트 1위를 했다고 축하한다고 그리고 부럽다고도 했다. 현경은 순간 띌 듯이 기뻤다. 하지만 부럽다는 그 말에 한쪽 가슴이 시렸다.

Epilogue.

그래도 현경은 수빈에게 축하 문자를 보냈다. 바로 전화를 하고 싶었지만 용기가 나지 않아 문자를 보냈다. 현경은 수시로 답장이 왔나 확인해봤지만 수빈의 카톡 확인 표시가 지워지지 않았다. 3일이 지나 수빈에게서 고맙다는 답장이 왔다. 현경을 위해, 현경과의 미래를 위해 노래하겠다던 수빈의 약속은 조금씩 깨져가고 있었다.

이제 곧 약속했던 3년이란 시간이 다 되어간다. 그 시간이 오면 그는 정말 현경 옆에 있을까? 현경은 점점 자신감이 없어진다. 그렇게 어영부영 시간은 흘렀다. 여느 때처럼 사서 야근을 하고 힘없이 퇴근한 현경은, 옷을 갈아입고 있었다. 윗도리를 벗고 있는데 후다닥 소리가 들리더니 방문이 벌컥 열렸다.

"혀…현경아~!! 어여~ 니 인터넷 봤나?!"

"와??"

"와~ 돌겠네~! 그 시끼 있자나, 그 시끼~!!"

"어떤 시끼?!"

"그 시끼… 수빈이!! 수빈이가 지금 인터넷 검색어 1위 했다!"

"저번에도 했자나~ 근데, 내 앞에서 수빈이 욕하지 말라고 했나 안 했나?!"

"한국 온단다!!!"

"뭐~어?!"

스마트폰을 급하게 열었다. 검색어 1위에 '뮤 내한공연'이라고 적혀 있었다. 날짜는 딱 한 달 뒤였다. 현경은 알코올 중독자처럼 손이 심하게 떨렸다. 터치했더니 해당 기사가 좌르르 떴다. 개인 대 회사로 계약을 맺은 최초의 한국인이 일본에서 성공해 고국에서 첫 콘서트를 한다고 적혀 있었다. 인터넷을 더 뒤져 보니 한국 팬들에게도 꽤 인기가 있었다. 카페며 블로그에 그의 활동에 관한 동영상이나 사진 자료들이 많이 올라와 있었다. 이게 웬 잔잔한 호수에 황소개구리 알 까는 소리인가?!

"혀... 현경아... 니 티켓 왔나??"

"...자라..."

현경은 침대에 누워 캄캄한 천장만 바라봤다. 예전에 그와 함께했던 소소한 일들이 하나 둘 떠오른다. 그와 처음 데이트하던 날 현경을 올려다보며 환하게 웃던 수빈의 모습이 떠오른다. 항상 헤어질 때마다 앞머리를 5대 5로 갈라 호섭이로 만들고 이마에 키스해줬던 수빈이가 생각난다. 지는 석양을 보며 그가 했던 말들, 순수한 그의 미소, 사랑스럽게 바라보던 눈빛, 따뜻한 손길...

현경은 그 모든 것들이 그립다. 순식간에 가슴에서 뜨거운 것이 울컥 올라왔다. 수빈이 쓴 책을 가슴에 부여안고 오랜만에 짐승의 울음소리를 내며 울었다. 그렇게 짐승처럼 울다 현경은 잠이 들었다.

Epilogue.

수빈의 콘서트 당일 현경은 어김없이 출근했다. 책상 위에 종이 봉투 하나가 놓여 있었다. 우편물로 온 흔적도 없었다. 봉투를 열어보니 티켓이 두 장 들어 있었다. 수빈이 공연티켓이었다. 믿어지지 않아 부은 눈을 비비며 자세히 티켓을 들여다봤다. 메모도 한 장 없이 달랑 티켓 두 장, 현경은 수빈이 왔다 갔을 거라는 기대를 하며 정신이 안드로메다로 가고 있었다. 그때 세희에게 전화가 왔다. 현경은 급하게 전화를 받았다. 이 기쁨을 세희에게 알리고 싶었다.

"꺄악~! 세희야~~!!!"

"내가 보냈다."

뚜 뚜 뚜~.

점심시간 다시 세희에게 전화가 왔다. 현경은 안 받으려다 받았다.

"친구야~ 화났나?"

"와 보냈는데?"

"같이 가갖고 똥물이나 뿌리고 오자고~"

"똥물??"

"그래 내가 만들고 있는 중이다. 똥물!"

현경은 똥물에 빵 터졌다.

"친구야 그래 웃어라~ 그냥 쿨하게 가자 니도 궁금하잖아~"

" ....."

"가자! 가자~!"

"내 똥도 준비하게~"

"오케이~!!!"

똥물은커녕 현경은 회사를 조퇴하고 압구정 미용실로 향했다. 연예인들만 받는다는 헤어 메이크업을 비싸게 받고 백화점에 가서 고가의 원피스도 한 벌 샀다.

공연장 밖에서 세희를 기다렸다. 작은 공연장 같았다. 매표소 앞도 한산했고 예상과 달리 미친 소녀 팬들도 없었다. 어쩐지 맘이 불안했다. 현경은 어찌 됐든 공연만은 잘됐으면 하는 바람이 간절하기 때문이다. 멀리서 세희가 뛰어온다. 현경을 못 알아보고 그대로 지나간다.

"세희야!"

세희는 그제야 현경을 알아봤다.

"야~ 나는 텐프로인지 알았다야~ 니 어디 일 나가나?"

"아닥!"

공연장 안으로 들어가니 오십여 명의 사람들만이 자리에 앉아 있었다. 검색어 일위까지 했는데... 현경은 걱정이 됐다. 잠시 후 공연시간이 이십여 분 정도 지나자 방송이 나왔다. 적은 관객 수로 무대 뒤에서 회의한 결과 공연이 취소되었다며 티켓은 100% 환불해주겠다고 죄송하다고 했다. 현경은 가슴이 철렁했다. 세희가 큰소리로 흥분하기 시작했다.

Epilogue.

"한 명의 관객이 있어도 공연을 해야지! 프로정신이 없어!! 에이~! 내가 이럴 줄 알았다. 지가 일본에서 스타지, 한국서도 스타지 아나 보지~ 에라이! 고소하다! 망해라! 망해!!"

"그만해라..."

"아 몰라~~! 내 화장실 좀 갔다 오끼 흥분했디만 오줌보가 터질라 하네~ 잠깐만 앉아 있어라이~"

세희가 획~ 나가버렸다. 사람들도 투덜대며 한두 명씩 줄지어 나갔다. 현경은 엉덩이가 떨어지지 않는다. 맘이 찢어질 듯 아팠다. 어느덧 사람들이 다 나가고 현경 혼자 객석에 남게 됐다. 수빈이 걱정에 멍하니 텅 빈 무대를 바라보며...

누군가가 뒤에서 현경의 어깨를 툭 쳤다.

"오줌보는 안 터졌나...?" 하며 일어나는데... 수빈이었다. 수빈은 힘없는 미소를 지으며 현경을 바라보고 있었다. 현경은 석고상이 됐다.

"수... 수빈아..."

"공주야~ 여기까지 와줬는데 좋은 모습 보여주지 못해서 미안해."

"아니야~ 아니야!! 처음엔 다 그렇지 뭐~ 데뷔한 지 얼마나 됐다고 ~ 실망하지마! 다음엔 도쿄돔에서 5만 관객들 앞에서 공연할 수 있을 거야~ 난 믿어! 곧 그렇게 될 거야!! 절대 실망하지마~ 절대!!!"

현경은 수빈이 조금이라도 실망할까 위로를 해주고 있었다. 몇 달 동안 연락도 안 한 놈에게.

"응. 고마워요... 대기실에 있는 우리 스태프들한테 인사하고 나가자~ 우리 할 얘기도 많잖아~."

수빈이 현경의 손을 덥석 잡고 무대 뒤로 끌고 갔다. 수빈이 손을 잡자마자 현경은 전율이 느껴졌다. 손바닥에 찌릿찌릿 전기가 일더니 어깨까지 점점 타고 올라와 가슴으로 내려왔다. 얼떨결에 무대 뒤로 들어가 일본인 스태프들과 인사를 했다. 그들도 공연을 망쳐서인지 표정들이 밝지 않았다.

수빈은 매니저에게 유창한 일본어로 조금 긴 대화를 나눈 뒤 뒷문에 차가 있다며 이제 나가자고 했다. 그때까지도 수빈은 현경의 손을 놓지 않았다. 그의 손에 이끌려 대기실과 바깥이 연결된 문으로 걸어갔다.

현경은 그의 손을 잡고 걸어가는 내내 마음이 아팠다. 그의 얼굴을 봐서 좋긴 했지만 그의 공연이 실패로 돌아간 게 자꾸 마음이 쓰였다. 어떤 말로, 무엇으로 그를 위로해야 할지 막막했다. 공연이 실패로 끝났단 사실에 어쩜 그보다 현경이 더 마음 아파하고 있는지도 모르겠다. 그가 바깥으로 나가려고 철문의 손잡이를 잡았다.

수빈이는 문을 열기 전에 갑자기 멈추더니, 현경을 뚫어지라 쳐다보았다. 그러곤 환하게 웃어주는 게 아닌가?! 현경은 조금 의아했지만 그녀도 어색하게 같이 웃어주었다. 현경의 어색한 미소를 보더니 수빈이 갑자기 현경을 으스러지게 안았다. 현경은 고목나무 매미처럼 대롱대롱 매달려 있었다.

"수... 수빈아..."

그는 아무 말 없이 숨이 막힐 정도로 현경을 안고 있었다. 수빈의 몸이 살짝 떨리는 것 같았다. 현경과 포옹을 푼 수빈은 현경의 입술에 키스하고 재빨리 문을 열었다. 현경이 당황할 겨를도 없이 문이 열렸고 문이 열리자마자 하얗고 강한 빛이 현경의 시야를 때렸다.

눈앞에 아무것도 보이지 않았다. 몇 초 후, 강한 빛이 사그라지고 앞이 조금씩 보이기 시작했다. 귀가 찢어질 듯한 함성과 강력한 사운드의 밴드연주가 동시에 폭발했다. 현경은 혼이 나갔다. 조명이 돌며 관객석을 비췄고 수천 명의 팬이 그의 이름이 적힌 플래카드와 야광봉을 미친 듯 흔들며 득음이라도 할듯 소리를 질러대고 있었다.

빈자리 없이 꽉 찬 객석. 수빈이 열어 재친 그 문은 주차장이 아니라 야외무대와 연결된 문이었다. 현경의 정신이 안드로메다에 도착하기 직전에 헤드폰을 낀 스태프 한 명이 급하게 뛰어나와 수빈에게 마이크를 건넸다.

"여러분~! 많이 기다리셨죠~!! 제가 드디어 한국에 왔어요!!!"

수빈의 힘찬 목소리에 소녀 팬들은 모두 목에서 피를 토했다.

"협조해 주셔서 감사해요~ 자 그럼 여러분과 제 여자 친구를 위한 콘서트를 시작하겠습니다! 준비됐어요~??"

객석은 이미 혼수상태다. 수빈은 무대의 바로 앞 '♥공주께!♥' 라고 적힌 의자로 현경을 안내했다. 바로 옆에 낯익은 여자 하나가 손가락으로 브이를 만들어 촐싹거리며 흔들어대고 있었다. 바로 오줌보가 터진다던 발연기 세희였다. 현경이 앉자 수빈은 현경에게 윙크를 날리곤 공연을 시작했다.

"좋아!! 그럼 시작해볼까~!!"

말 끝나기 무섭게 강렬한 일렉트릭 기타의 연주를 시작으로 콘서트가 시작됐다. 수빈이가 첫 소절을 노래하자, 관객들의 눈은 돌아갔다. 처녀 귀신들로 빙의해 8단 고음을 선보였다. 숨 막힐 듯한 그의 공연이 눈 깜짝할 사이에 막바지로 접어들었다. 가쁜 숨을 몰아쉬며 수빈은 아무 말 없이 관객석만 바라봤다. 관객들은 더 큰 함성으로 그를 응원했다. 관객들의 기를 받아 수빈은 드디어 입을 열었다.

"여러분~ 저는 지금 여기 한국에서 저의 음악을 여러분께 들려 드리고 있습니다. 이제껏 꿈꿔왔던 저의 꿈이 오늘 이 자리에서 이뤄졌습니다! 저의 이 역사적인 순간, 저와 함께 여러분이 있습니다. 그리고 또 한 사람, 제가 여기까지 올 수 있도록 저에게 가장 큰 힘이 되어준 제 영혼과도 같은 한 사람이, 여기에 있습니다. 지금 저는 그 사람을 여러분께 소개해 드리려고 합니다."

현경은 올 것이 왔다는 생각을 했다. 수빈의 멘트가 끝나자 모든 조명이 암전되고 중앙스크린에 영상이 떴다. 까만 바탕에 하얀 글씨가 나타났다.

'To my princess...'

그러곤 다시 까만 바탕에 녹색 글씨가 떴다.

사랑하는 나의 공주야~ 널 위해 준비했어~··♥

이제 화면에서 글자가 사라지고 배경음악과 함께 환하게 웃고 있는 현경의 사진이 나왔다. 함성과 질투의 야유가 섞여 쏟아졌다. 곧 현경과 수빈의 다정한 사진들이 지나갔다. 그들이 함께였을 때 그 행복했던 그 순간들... 사진과 함께 추억도 하나하나 살아났다.
　메시지가 떴다.

'그동안 나 믿고 기다려줘서 고마워요~ 그리고... 내 마지막 사랑 공주! 사랑해요...'

배경음악이 멈추고 조명이 객석에 있는 현경에게 비쳤다. 수빈이 천천히 현경에게로 다가와 손을 내밀었고 그곳에 있는 수천 개의 시선이 모두 현경에게 꽂혔다.
　현경은 그동안 마음 고생시킨 수빈이 원망스러워 잠시 망설였다. 객석에선 난리다. 그래도 끝까지 약속을 지킨 그가 고마워 현경은 그의 손을 잡았다. 현경이 수빈이의 손을 잡자마자 비명에 가까운 함성이 터져 나왔다. 그는 현경을 무대 중앙으로 데리고 가 미리 준비된 의자에 앉혔다.

"여러분~ 제 여자친구예요~!! 예쁘죠~~??"

강한 긍정의 대답은 없다. 관객들은 대충 "예~"란 대답을 마지못해 했고 저 멀리서 "아니요~!" 라는 대답이 들리기도 했다. 그래도 수빈은 싱글벙글하며 멘트를 이어갔다.

"제가 일본 가기 전에 제 여자 친구와 약속을 했어요. 3년 후 성공해서 한국으로 와 멋진 콘서트를 열거라고. 그리고 그곳에서 그녀에게 프러포즈를 하겠다구요. 이제 3년 전에 한 약속을 지킬 순간이 왔습니다. 내가 약속을 지킬 수 있게 기다려준 여자 친구에게 너무나 감사해요."

말이 끝나기 무섭게 스태프 중의 한 명이 반지 케이스를 가지고 와 그에게 전달했다. 수빈은 그 반지 케이스를 받자마자 바로 현경 앞에 무릎을 꿇었다. 질투와 부러움, 아쉬움의 감정이 섞인 괴성에 가까운 비명이 여기저기서 터져 나왔다. 무릎을 꿇은 수빈은 현경을 바라보며 반지 케이스를 열었다. 중앙에 큼지막하게 박힌 다이아몬드가 반짝! 하고 현경을 보고 웃었다.

"공주야... 나랑 결혼해줄래??"

오! 마이~ 갓!!!

현경은 자신의 인생에서 최고의 영화 한 편을 기획했다. 로맨스 멜로 코미디 휴먼 스릴러 신파 반전이 모두 들어 있는 수빈과의 러브 스토리. 영화의 완성도는 높고 흥행은 대성공이다. 무릎을 꿇고 반지를 들고 있는 그를 보며 현경은 속으로 해냈다는 썩소를 날렸다.

"받아줘! 받아줘!" 를 합창하는 가운데 현경은 수줍은 척 천천히 고개를 끄덕였다. 밴드가 연주하는 로맨틱한 선율 속에서 수빈은 환하게 웃으며 반지를 현경의 손가락에 끼웠다.

모두가 숨죽여 지켜보는 가운데... 반지가 들어가질 않았다. 낑낑거리며 넣으려고 해봤지만 사이즈가 작아 역부족이었다. 이미지 관리고 뭐고 수빈인 심각한 얼굴로 낑낑대며 반지를 끼우려고 안달을 했다.

현경은 자신도 모르게 "아! 아~야!!!"하며 수빈의 어깨를 세게 쳤다. 그 모습에 관객들이 웃음을 터트렸고 그 바람에 수빈도 현경도 웃어버렸다. 결국 새끼손가락에 반지를 끼는 걸로 합의하고 현경은 수빈과 손을 잡았다. 수빈이 일명 호섭이 키스를 현경의 이마에다 했다. 그리고 입술에다 키스하는 순간 이미 득음한 관객들의 발악과 함께 바로 무대 조명이 암전되었다.

다음날 한국이며 일본까지 난리가 났고 곧 인터넷뿐 아니라 방송에서도 현경과 수빈의 기사가 핫이슈가 되었다. 관객들이 사진이나 동영상으로 프러포즈 장면을 몰래몰래 찍어 인터넷에 올렸고 몇 시간 만에 조회 수가 몇만 건이나 되었다. 그러거나 말거나 그들은 수빈이 마련한 특급호텔 스위트룸에서 불타는 밤을 보내고 눈뜨자마자 또 불타는 아침을 맞았다. 결국 수빈이 쌍코피를 터트리고 나서야 그들은 격한 퍼포먼스를 끝냈다. 코피를 닦고 둘은 알몸으로 브런치를 먹었다. 수빈의 덜 닦인 쌍코피 자국이 선명하다. 수빈과 현경은 TV를 틀고 스마트 폰을 열어보니 전국에 아니 전 아시아가 난리가 났다는 걸 알았다. 이 엄청난 반응을 가장 실감 나게 한 건 바로 엄마의 전화였다.

"여봉세용~?"

코에 뭘 잔뜩 넣고 전화하시나 보다.

"사랑스런 내 따~~알~~~자낭?"

"어... 엄마~ 나중에 전화할게~"

수빈이 손짓으로 괜찮다고 받으라고 했다.

"잠깐!! 뮤 서방이랑 같이 있나??"

"응?? 무신 서방??"

"우리 뮤~서방! 엄마는 그렇타이~ 사람을 척! 보는 순간 삘이 왔어!! 아! 이 사람은 잘될 사람이다!! 이 사람은 내 딸내미의 배필이다! 그때! 엄마는 마음속으로 정했다이~ 뮤 서방을 내 사위로 삼기로!! 감격스러버가 눈물이 날라 하네~흑! 아무튼 사랑하는 내 따~알~ 축하한다이~ 뮤 서방한테도 엄마가 너~무~ 보고 싶어 한다고 안부 전하고 내려오면 씨암탉 잡아 줄 테니까 꼭 오라 해라~!"

'뚝!'

현경은 알몸으로 빵 쪼가리를 먹다 목에 걸리는 줄 알았다. 캑캑 거리는 현경을 보며 수빈도 웃었다. 현경은 꿈만 같았다. 자신이 이렇게 행복해도 되나 싶을 정도로. 수빈은 현경에게 계산하지 않는 진실된 사랑을 가르쳐줬다. 자신보다 다른 사람을 더 사랑할 수 있다는 사실도 알려줬다. 그리고 이기적인 현경에게 사랑하는 법과 사랑받는 법도 알려줬다. 현경에게 '사랑'이란 걸 가르쳐준 수빈이, 수빈을 만난 건 현경 인생에 가장 큰 행운이다.

수빈이 윙크를 하며 다시 하얀 시트 안으로 들어갔다. 수빈은 현경에게 덤비라는 유혹의 손짓을 보냈다. 현경은 장난스레 혀로 자신의 입술을 소처럼 핥으며 짐승 울음소리와 함께 침대로 뛰어들었다. 호텔 복도에선 사람 잡는 소리가 울려 퍼졌다.

END.